En votre aimable règlement

J'AI LU

BRUNO LÉANDRI

La Grande Encyclopédie du dérisoire
En votre aimable règlement *J'ai lu* 4495/**4**

Bruno Léandri

En votre aimable règlement

Éditions J'ai lu

1

Depuis hier, un type suivait Odile Noix. D'abord, elle l'avait vu planté devant son immeuble. Elle l'avait juste remarqué parce qu'il était petit, gros, moche et mal habillé. Plus exactement, habillé de façon sinistre. Elle l'avait revu derrière elle l'après-midi en faisant ses courses. Puis sur le trottoir d'en face, quand elle avait été chercher les enfants à l'école. Puis devant le boucher, à côté du crémier, et enfin sur le trottoir encore, quand elle avait été vider la poubelle. Elle s'était demandé si elle devait en parler à son mari, mais cet excité de Bernard, aussi violent que jaloux maladif, aurait été foutu d'en faire toute une tartine avec scandale à la clé, voisins, menaces, etc. Et puis après tout, ce n'était peut-être pas après elle qu'il en avait, ce type. Elle n'était pas la seule de l'immeuble à aller à l'école et chez les commerçants du quartier.

Le lendemain, le type était toujours là. Alors qu'Odile se rendait au marché, avec son cabas noir en plastique et son gros porte-monnaie en Skaï à fermeture dorée, alors qu'elle pensait justement qu'elle n'avait vu le bonhomme ni devant chez elle, ni sur le chemin de l'école, et donc, qu'elle s'était fait des idées, elle tomba presque nez à nez avec lui, à l'entrée du grand marché couvert. Décidément, il n'avait pas plus l'air d'un violeur que d'un assassin, mais il n'en était que plus inquiétant, avec son imper beige aux pans moirés d'usure, ouvert sur un costume gris coron, ses chaussures essoufflées, son pantalon avachi et son col de chemise aux ombres douteuses. Elle remarqua aussi qu'il avait la peau moite, du moins à ce qu'on pouvait en juger aux reflets luisants sur son double menton irrégulièrement rasé. Et qu'il portait une sacoche en cuir vénérable, genre cartable d'écolier, comme on n'en faisait plus depuis vingt ans. Ses lèvres étaient pincées dans un rictus mesquin qu'elle sentit annonciateur de calamités, et ses yeux à demi fermés la regardaient, elle, Odile Noix, et aucune autre. Elle serra son cabas vide contre ses seins, et passa son chemin avec effroi.

Le type se colla à ses pas et ne la lâcha plus. Dans cette foule, elle n'avait qu'à crier pour attirer l'attention des gens, mais quelque chose la retenait. Son cabas se remplissait d'articles saugrenus, qu'elle achetait machinalement sans y réfléchir, et qu'elle s'entendait commander d'une voix blanche, presque éteinte : du manioc, cent grammes de pommes de terre, un débouche-évier, trois kilos de sel, un ananas, un service de mouchoirs assortis, un demi-mérou. Plus le temps passait, plus l'angoisse montait et moins Odile Noix savait quoi faire.

Pour l'instant, elle restait paralysée devant un marchand de primeurs, les yeux fixés sur une étiquette où on lisait : Tomates de Belgique. 15,50 F.

– J' vous en mets un kilo ? demanda le vendeur.

Odile acquiesça, livide.

– 17 francs, ça ira ? demanda-t-il en pesant les tomates grasses à la couleur malsaine.

Mme Noix opina de nouveau et le vendeur posa devant elle le sac en papier kraft rempli. La cliente avança le bras pour s'en saisir, et à cet instant, une main replète se posa sur la sienne. Odile hésita entre mourir, vomir ou défaillir, mais elle ne fit rien de tout cela. Elle attendit. Le petit gros était collé contre elle. Doucement, il éloigna du paquet la main de sa victime, tout en parlant suavement, de manière très naturelle :

– Expliquez-moi pourquoi vous achetez des tomates belges à 15,50 francs, alors qu'il y en a ici qui viennent de la Saintonge à 8,20 francs le kilo, qui sont meilleures et plus belles.

Il fallut du temps à Mme Noix pour assimiler ce qu'elle venait d'entendre. Elle se retourna lentement, comme si le type lui tenait une lame enfoncée dans les rembourrages de ses hanches. Mais le type ne la touchait plus. Il avait repoussé le paquet vers le vendeur en accompagnant son geste de Tss tss tss discrets. Puis il avait lâché la main inerte et s'était éloigné un peu.

– Je vous surveille depuis deux jours, madame Noix, continua-t-il à voix basse. Et je vous trouve d'une singulière légèreté en ce qui concerne vos dépenses quotidiennes.

Elle dévisageait l'inconnu, les yeux en soucoupes, la bouche ouverte, comme s'il s'y pressait trop de choses à la fois pour pouvoir en laisser passer une seule. Elle arriva enfin à canaliser.

– Qu'est-ce… Qu'est-ce que vous me voulez ? Qui vous êtes ? Et de quoi vous vous mêlez ?

L'individu se lança dans l'examen méticuleux d'une pyramide de pommes.

– Rien de ce qui concerne vos finances ne m'est étranger, madame Noix. Et ce que je constate depuis hier m'inquiète beaucoup. Oui, beaucoup.

En même temps que les couleurs dans ses joues, un peu de vivacité revint dans la voix de la ménagère. Le type ne l'avait pas égorgée dans les premiers instants, il ne le ferait sans doute plus.

– Non mais ça va pas, non ? Mais vous êtes malade ! Foutez-moi la paix ou j'appelle la police !

L'homme examinait les pommes une à une. Il sourit.

– La police, ce ne serait pas opportun, madame Noix.

Il s'éloigna de l'étalage et entraîna la jeune femme quelques mètres plus loin, à côté d'un marchand de poissons (celui-là même où elle avait acheté le mérou). Là, il usa de cette manie atroce dont sont affectés certains humains, et qui consiste à s'adresser aux gens les yeux fixés sur un point au-dessus de leur tête, nuage, fenêtre ou plafond. En l'occurrence, l'homme avait parfaitement domestiqué ce tic insupportable au service d'une stratégie utile : la terreur.

Il se présenta enfin, tout en étudiant les croisillons de la charpente métallique :

– Georges Brossard. Du cabinet Brossard. Contentieux et recouvrement de créances.

Elle avait compris. C'était bien aussi épouvantable qu'elle l'avait craint. Ce cancer qui avait commencé petit et vulnérable, elle l'avait négligé volontairement, espérant que l'oubli serait une thérapie. La jeune femme rassembla ce qui lui restait de forces et de dignité :

– Et alors ? Depuis quand on accoste les gens dans la rue ? Vous pouviez pas écrire ou téléphoner ? Et qu'est-ce que c'est que ces méthodes, de suivre le monde ?

Mais en fait elle était foutue, elle le savait. Et la tarentule graisseuse, qui patientait devant elle, le savait aussi.

– Madame Noix, croyez-vous être idoinement placée pour donner des leçons de courtoisie à vos contemporains ?

En dégustant ses mots, il souriait béatement à une contre-fiche d'acier en profil ajouré. Puis son sourire disparut, ses lèvres se pincèrent et il frappa avec le sabre qu'il frottait depuis le début de l'entretien :

– Madame Noix Odile, si les Établissements Burke SA ont été contraints de faire appel à moi pour récupérer leur dû, c'est que vous en êtes arrivée à l'extrémité où la mauvaise foi rejoint la malhonnêteté.

Ainsi, ils avaient été jusque-là ! La perspective du scandale qui allait balayer sa vie, mêlée aux odeurs de maquereaux, de sandres et de thon fraîchement coupé, la fit tourner de l'œil. L'homme s'en aperçut et lui serra le bras.

– Je vous serais reconnaissant de ne pas vous donner en spectacle, ordonna-t-il.

Il la soutint jusqu'à un banc, à l'extérieur du marché. À peine assise, la jeune femme se mit à tripoter convulsivement les pauvres poireaux qui sortaient de son cabas, puis éclata en sanglots.

– Je n'avais signé que pour deux napperons ! hoqueta-t-elle. Je ne pouvais pas savoir qu'ils me vendraient l'usine !

Le recouvreur de créances sortit un dossier de sa sacoche ainsi qu'une paire de lunettes à double foyer.

– L'usine, comme vous y allez ! Je vois ici un abonnement de fidélité aux productions artisanales des dentelles de Rouen : non seulement, il est signé, mais il est rempli de votre main.

– Mais ils m'en ont envoyé deux cent soixante-dix, des napperons !

– Quand je vois la façon dont vous faites vos courses, pour ne parler que de ça, une telle inconséquence ne m'étonne pas de votre part !

– Mais je ne les ai pas demandés ! Que voulez-vous que j'en fasse, de deux cent soixante-dix napperons ?

– D'abord les payer. Après, ça ne me regarde pas.

– Les payer ? hurla-t-elle, éperdue. Mais ils me les ont vendus plus cher qu'au magasin !

– Ce qui ne vous a pas empêchée d'en commander encore. J'ai là un engagement signé de votre part.

– C'était au début ! Juste pour la housse en dentelle de la télé ! Mais j'ai jamais demandé qu'ils m'en envoient toutes les semaines ! Des nappes en dentelle ! Des serviettes en dentelle, des draps en dentelle, des torchons en dentelle ! Et des serpillières en dentelle ! Des caisses de dentelles !

– Oui. Votre passion irraisonnée pour les ouvrages coûteux vous a amenée à préférer votre vice au confort de vos enfants et de votre famille.

La jeune femme redoubla ses sanglots, les passants regardaient curieusement ce couple bizarre en plein drame de divorce de chaque côté d'un cabas rempli.

– C'est pas vrai, je vous jure, j'ai même essayé de leur rendre ! hoqueta-t-elle. Ils n'en ont pas voulu !

– Et qu'en avez-vous fait ?

– J'en ai caché une partie, j'en ai jeté une autre. Si mon mari s'apercevait de tout ça, il me tuerait !

– Allons, n'accablez pas cet homme sur lequel tous les renseignements que j'ai obtenus sont élogieux. Bon père, bon travailleur, bon voisin, peut-être ne mérite-t-il pas les tourments que va lui causer votre inconcevable frivolité.

– Vous n'allez pas lui en parler ! souffla Odile Noix, les yeux agrandis d'horreur.

– Voyons, c'est la meilleure solution, madame Noix. Votre mari prendra les décisions raisonnables qui s'imposent, et si votre conduite répréhensible vous vaut quelques reproches bien sentis, ce ne sera que justice, non ?

Quelques instants, son regard condescendit à croiser celui de sa victime. Cette grosse dinde avec sa brute de mari n'avait sans doute jamais fait le moindre écart dans toute sa vie. Elle était si épouvantée qu'il la sentait prête à n'importe quoi. Il aurait même pu en profiter, mais c'était un de ses principes : jamais avec la pratique. De toute façon un gros paiement en une fois n'est jamais rentable.

– Com... combien je dois ? gémit-elle du ton qu'elle aurait employé pour dire : « Coupez-moi une main. »

L'agent de contentieux chercha le récapitulatif dans le dossier. La meringue était à point, c'était trop facile, il ne comprenait pas que le propre contentieux de Burke n'ait pas réussi à la faire craquer. Il regarda subrepticement sa montre.

– Eh bien, ça se monte à 22 455 francs TTC. Une paille.

– Hein ? hurla-t-elle. Mais la dernière fois c'était même pas 15 000 francs !

Oh oh ! Elle n'était pas si ignorante que ça. Elle se rappelait les derniers commandements à payer.

– Sans doute, mais il y a eu depuis les dépens procéduriers, les frais d'ouverture de dossier hors taxes, et les pénalités indexées au prorata du dépassement en valeur corrigée. Avec les taxes, le compte y est.

La débitrice recommença à martyriser ses poireaux en geignant doucement.

– J'ai pas un sou, dit-elle. Je ne peux pas payer. Je vous supplie d'appeler la police avant de prévenir mon mari.

– La police ne me paierait pas. Par contre, votre mari, oui. Il sera même empressé à réparer les bévues d'une épouse aussi désinvolte. À moins que vous ne puissiez me donner un acompte significatif.

La jeune femme vida tout l'air de ses poumons en soufflant :

– J'ai pas d'argent. De toute façon, je l'ai déjà dit à ceux qui sont venus avant vous : je fabriquerai une corde avec les dentelles et je me pendrai.

Ah ! Voilà où était l'os. Les chantages au suicide, Brossard en connaissait toutes les nuances et les déclinaisons. Du plus larmoyant, avec regard de chien battu, au plus théâtral, avec couteau sur la gorge. Mais ceux qui étaient prononcés comme ça, l'air bête, d'un ton léger, avec la moue boudeuse d'un enfant contrarié, de ceux-là, il fallait vraiment se méfier. Les collègues de chez Burke n'avaient pas laissé tomber par hasard. Ces raclures avaient reniflé le grabuge possible.

Il referma le dossier en prenant bien le temps de rabattre les élastiques aux coins, et écarta les pans du cabas d'un doigt délicat.

– Tss tss tss, fit-il. Je ne suis ni un bourreau, ni un monstre. Vous faire souffrir ou vous voir en prison ne m'intéresse pas. Ce que je veux, c'est dédommager mon client.

Elle ne répondit pas, elle se mouchait avec un des mouchoirs arraché au service tout neuf qu'elle venait d'acheter.

– Regardez ce qu'il y a là-dedans : vous avez au moins dépensé 170 francs. Du mérou ! Je vous demande un peu ! C'est cher !

– Je ne savais plus ce que je faisais.

– Combien vous donne votre mari par semaine ?

– Ça dépend. Entre 300 et 500 francs.

– Voilà la solution de votre problème, madame Noix. Je vous ai bien vue faire les courses, j'ai bien observé tout ce que vous achetez. Le lait le plus cher, des yaourts non pas *aux* fruits mais *avec* des fruits, les haricots verts extra-fins au lieu de fins, les salades toutes prêtes, les confiseries à la mode pour les enfants, les enveloppes autocollantes plutôt que normales, c'est simple : à chaque achat vous choisissez le luxe le plus insolent, la facilité la plus dispendieuse.

Abasourdie, elle regardait son persécuteur. Avec concentration et application, il tentait de convaincre une branche basse du catalpa voisin.

– Peut-être qu'avec les dentelles il vous faut tout ça pour votre standing… Mais, si vous montriez plus de discernement dans vos achats, vous économiseriez de 20 à 25 % de vos dépenses quotidiennes. Calculez vous-même : ça nous fait jusqu'à 150 francs par semaine. C'est pas lourd, mais si vous vous y tenez avec assiduité, je pense que mon client se calmerait.

Elle haussa les épaules.

– Et votre mari n'en saura jamais rien, poursuivit-il. Autant dire que ça serait une histoire finie. Juste un petit effort en faisant vos courses. J'ajoute que c'est une pratique excellente pour faire jouer la concurrence. Par exemple, êtes-vous sûre que ce marché de petits producteurs maraîchers est plus avantageux que le rayon frais du grand magasin discount ? Cherchez, madame Noix. Étudiez, comparez.

Elle ne pleurait plus. Georges Brossard rangea ses lunettes et profita qu'elle ne le regardait plus pour l'examiner. Elle était décidément mûre. La journée commençait bien.

– Peut-être que vu comme ça, ça peut se faire, dit-elle. Et vous êtes sûr que mon mari ne le saura jamais ? Je suis si fatiguée de guetter le courrier tous les matins ! Et comment je ferai pour vous envoyer l'argent ?

Il sortit un bristol crasseux.

– Vous postez un petit mandat hebdomadaire à cette adresse, ni vu ni connu. Pour aujourd'hui par exemple, nous pourrions commencer par 200 francs, puisque je suis là.

Il crut qu'elle allait éclater de nouveau en sanglots.

– Je n'ai plus que 100 francs et je n'ai même pas commencé mes courses ! beugla-t-elle. Je n'ai acheté que des trucs inutiles ! Si je ramène du mérou à la maison, Bernard va me foutre une dégelée ! Il aime pas le poisson ! Et ces trucs de négros, il va jamais vouloir manger ça !

– Du calme ! Du calme ! s'écria Brossard. Voyons… Je peux éventuellement me contenter d'un premier paiement en nature, avec une légère décote. Disons 150 francs pour le mérou et le reste, mais je garde le cabas.

– Mais comment je vais faire ?

– Vous demanderez un sac en plastique gratuit. Dans les grandes surfaces, ils les donnent, dit le recouvreur de créances en signant un reçu. Voilà : vous ne devez plus que 22 305 francs. Vous voyez ? Il n'y a que le premier pas qui coûte. N'oubliez pas, madame Noix : toutes les semaines.

– Mais ça va durer longtemps, ces… remboursements ?

– Pourriez-vous me rendre le mouchoir, s'il vous plaît ? Avec un de moins, le service est dépareillé. Je le laverai. Je vous remercie.

Elle resta assise sur le banc tandis que le petit gros s'éloignait, sa sacoche d'une main, le cabas de l'autre. Il s'étonnait une fois de plus de l'insondable stupidité des pauvres. Il avait à peine atteint sa voiture qu'il avait déjà oublié la mère Noix et repensait à cette lettre qui était tombée dans sa boîte avec la tournée de 8 heures.

2

Wladimir Zwröytswitzch avait acheté une *Encyclopedia Departementalis* en soixante-sept volumes quadrichromie, reliés pur veau sous la mère, n'en avait pas payé le premier sou, et avait refusé de restituer l'article. La dette initiale de 17 000 francs en était arrivée, après un an de démarches, procédures et pénalités diverses, à 52 000.

C'est-à-dire en était là au moment où un bienveillant confrère s'était déchargé de ce cas épineux sur le dos du cabinet Brossard. Ce prédécesseur devait être au moins le troisième ou quatrième chasseur de dettes à s'être cassé les dents sur l'affaire. Ce genre de cas était fréquent dans le métier : d'une part, un débiteur qui, de notoriété publique, laisse augurer plus de tracas que de dividendes à récupérer, et d'autre part, un gros créancier, fidèle client des agences, à qui on ne peut rien refuser. Sous couleur de sous-traitance, on se refile l'affaire d'agence à agence comme un bâton merdeux jusqu'à ce qu'il y en ait une qui s'en charge, par inconscience, ignorance ou désœuvrement. Mais si Mlle Mititei avait mis ce rogaton faisandé à l'ordre du jour, il devait y avoir une raison. Docile et consciencieux, le héros de l'équité financière soupira et négocia un créneau pour garer sa voiture. Le cabas, posé sur la banquette arrière, embaumait l'habitacle de son odeur de marée.

En montant les étages, Brossard relisait la fiche de renseignements et s'apitoyait sur lui-même : Zwröytswitzch était un mauvais payeur professionnel, un pilier du métier, martyr et démiurge du Contentieux éternel. Habituellement poursuivi par une douzaine de créanciers en moyenne, l'homme vivait dans un appartement d'où il était inexpulsable au milieu d'un mobilier insaisissable, en compagnie de sa famille. Il avait accompli la prouesse de se faire déclarer insolvable, un statut sans doute frelaté d'ancien combattant blessé de guerre lui fournissant en outre une protection juridique plus sûre qu'un gilet pare-balles. Parfois, Brossard vouait à ces spécimens une gratitude mêlée d'admiration. Après tout, ils incarnaient la pérennité de son gagne-pain. Mais entre tous, ce Zwröytswitzch était un spécialiste. Un maniaque, un vicieux...

D'ailleurs, le sourire voluptueux avec lequel le mauvais payeur regardait arriver son tourmenteur putatif, la porte déjà ouverte alors que Georges avait à peine posé le pied sur le palier, ce sourire en disait long.

– Monsieur Zwröytswitzch ?

– C'est moi, dit l'homme en se passant une langue gourmande sur les lèvres. On ne prononce pas le z final, par contre le w initial est accentué, si je peux me permettre, ajouta-t-il d'une voix doucereuse.

Georges toussota, fixa ses yeux sur le linteau de la porte et força un peu la froideur de son ton, mais plus par routine que par conviction :

– Agent de contentieux Brossard, j'ai reçu délégation du plaignant ci-dessus mentionné pour le rôle exécutoire de la visite préalable aux poursuites judiciaires, contrainte par corps et assignation en protêts emphytéotiques.

– Merveilleux, dit l'homme.

Il baissa les yeux sur les chaussures du visiteur.

– En plus, je vois que vous n'essayez pas de bloquer ma porte, et donc évitez d'enfreindre les articles 447, 448 et suivants du Code du commerce, et l'article 655 du Code pénal. Un bon point pour vous. C'est la première fois que j'ai affaire à vous, il me semble. Bienvenue.

Georges sentit une sueur mauvaise le recouvrir. Et quand l'homme ouvrit en grand sa porte en l'invitant à entrer avec un geste chaleureux, le visiteur hésita une fraction de seconde et prit sa respiration avant d'avancer. Ses yeux firent le tour de la pièce tandis que son hôte criait :

– Martha ! Les enfants ! Venez ! Un nouveau !

L'appartement était grand et clair, le mobilier du living, restreint mais luxueux, se composait pour l'essentiel d'un salon en cuir et d'une chaîne digitale vidéo hi-fi complète, tout le reste des meubles, tables basses, poufs, chaises, étagères, guéridons étant composés de piles de volumes de l'*Encyclopedia Departementalis*. L'effet, d'un point de vue strictement décoratif et objectif, était assez heureux.

Tandis que Zwröytswitzch poussait vers Brossard une pile de volumes allant de MAR à NOU en l'invitant à s'asseoir, les enfants entrèrent, deux grands fils et une fille qui avaient dépassé vingt ans, puis l'épouse, une grosse pintade maquillée qui fumait cigarette sur cigarette, et tout le monde s'assit en rond sur des piles plus ou moins hautes constituées par l'objet du litige.

Avec une exquise courtoisie, Zwröytswitzch pria l'agent du contentieux de repréciser l'objet de sa visite. Un murmure appréciateur accueillit la tirade.

– Protêt emphytéotique… Pas mal, non ? demanda le père. Qu'en pensez-vous, les enfants ? On ne l'avait jamais entendu, celui-là.

– Oui, c'est original, convint la fille. Et ça sonne bien.

– Qu'est-ce que c'était, déjà, celui qu'était venu avant ? s'enquit l'un des fils.

– « Commandement résolutoire en référé », dit la mère.

– Ah ouais, c'était astucieux, mais moins imaginatif. Ça, c'est neuf ! Et impressionnant, hein !

– Moi, je ne suis pas d'accord, objecta l'autre fils.

– Qu'est-ce que tu lui reproches, Andreï ? demanda le père.

– Je trouve son caractère trop manifestement absurde, juridiquement parlant. Monsieur nous prend pour des débutants, j'estime ça pour le moins indélicat. Méprisant, même.

– C'est pas faux, dit l'épouse.

– Qu'est-ce qu'on décide, alors ? dit le père.

– Appliquons-lui le 275 & 276 du Code civil, avec le 655, ça ira, suggéra le premier fils. A-t-il tenté de bloquer la porte ?

– Non.

– Ah, le 655, ça va pas, alors.

– Moi je propose le cocktail classique : « Usurpation de fonctions, abus de pouvoir, tentative d'extorsion de fonds, infractions aux réglementations commerciales ayant entraîné préjudice », dit le deuxième fils.

– Écoutez, il a fait un effort, il a essayé d'innover. Montrons-nous à la hauteur, plaida Zwröytswitzch. Que diriez-vous d'« outrages à caractère moral visant les qualités d'ancien combattant et victime de guerre, voies de fait à caractère persécutif et à motifs vénaux sur personne non en état de se défendre », statut auquel m'assimilent les décrets du 6.8.66 ?

Toute la famille applaudit. Georges se leva.

– Je m'en vais, dit-il seulement.

– Voilà ! Vous l'avez vexé, dit l'épouse.

– « Tentative de fuite », dit l'un des garçons.

– Vous n'allez pas partir déjà ? dit Zwröytswitzch. Je vous en prie, restez un peu ! Vous savez, les occasions de réunir la famille sont si rares, et puis je suis sûr que cet entretien avec nous ne sera pas inutile pour votre expérience professionnelle... Allons, si vous faites preuve de bonne volonté, je vous jure qu'on en tiendra compte...

Quand il franchit la porte du cabinet, Mlle Mititei comprit tout de suite que son patron ne vivait pas des heures sereines. Certes, l'unique néon qui éclairait le local donnait en général à tous ses occupants un aspect saurien et mercuriel, mais elle connaissait M. Brossard depuis assez longtemps pour pouvoir juger de son état rien qu'en le voyant ôter son imper.

– Bonjour, mademoiselle Mititei.

– Bonjour, monsieur Georges.

Il posa le cabas noir sur le bureau.

– C'est le premier versement Noix.

Elle se pencha sur l'objet sans un mot.

– Pas de coups de fil en mon absence ?
– Non.
– Des visites ?
– Non.
– Pas de chèques dans le courrier ?
– Non.
Elle désigna le cabas en se pinçant les narines.
– Vous êtes de moins en moins regardant sur les paiements en nature. Qu'est-ce que vous voulez que j'en fasse ?
– Vous y prenez ce qui vous intéresse, sans oublier de le noter pour le défalquer de vos émoluments.
– Vous savez bien que je ne peux pas manger de poisson.
– Il n'y a pas que ça.
– L'ananas est trop mûr. Et je ne mange pas de fruits non plus.

Le patron chaussa ses lunettes d'un air rêveur et se plongea dans la contemplation du paysage, par-dessus la partie dépolie de l'unique fenêtre. Le cabinet Brossard recouvrement de créances occupait un fond de cour dans le XIXe arrondissement de Paris. Georges l'avait choisi pour de nombreux avantages : d'abord il avait une sortie sur l'arrière, on voyait arriver les visiteurs de loin, et il y faisait frais en été. L'occupant avait fait blinder les portes et poser des barreaux, ce qui n'empêchait pas les murs extérieurs de se recouvrir régulièrement de graffitis : « Brossard fils de pute », « Vautour puant », « Charognard », « Vampire », que la victime devait faire effacer à ses frais, sous les invectives scandalisées du gardien et des autres occupants de l'immeuble. Le bureau se composait de deux pièces, l'une pour le secrétariat-réception, l'autre pour le directeur. Les objets professionnels dont l'ensemble était garni, meubles et accessoires, partageaient sans exception trois caractéristiques communes : ils étaient usés jusqu'au dernier stade d'un emploi possible, ils étaient bon marché d'origine, ils portaient en eux tout ce que la fonctionnalité administrative avait conçu de plus austère. Un parachutiste projeté au milieu du décor sans être prévenu aurait pu se croire dans un aquarium abandonné au fond d'un grenier sans jamais avoir été vidé. Tout y semblait verdâtre et moussu. Le moindre détail rappelait au visiteur que, dans cet endroit, on ne dépensait pas d'argent : on était là pour s'occuper de ceux qui en dépensaient.

Au milieu, trônait Thérèse Mititei, la trentaine, mélange d'hippocampe séché et de gorgone en plastique. Aussi glaçante qu'un évaporateur de fréon, aussi implacablement méthodique qu'une moissonneuse-batteuse, elle divergeait du décor marécageux sur un seul point, mais essentiel : elle souffrait d'une hydrophobie chronique qu'aucun médecin ni psychologue n'avait pu guérir. La seule présence d'un verre d'eau dans un rayon de deux mètres autour d'elle la plongeait dans les affres de l'horreur. Toujours au seuil limite de l'hydratation nécessaire à la survie, quand on la dépeignait comme « sèche », ce n'était pas une métaphore : elle l'était réellement.

Le téléphone sonna et Brossard dressa l'oreille quand la secrétaire décrocha.

– Cabinet Brossard, j'écoute, et si c'est pour entendre des insanités, je ne vais pas écouter longtemps.

Le directeur crut d'abord avoir mal compris, ce qui fit qu'il sursauta avec un léger retard. Puis il se retourna, le menton tremblotant.

– Mademoiselle Mititei ! s'indigna-t-il.

Elle jeta sur son patron un regard enflammé.

– Monsieur Brossard, un individu me débite des obscénités quotidiennement, du matin au soir ! Vous êtes responsable de la sécurité de vos employés.

– Il me semblait vous avoir dit de faire changer le numéro.

– Changer-le-numéro ! répéta-t-elle en faisant siffler chaque mot comme un coup de cravache. Si on ne paie pas nos trois mois d'arriérés au téléphone, on ne va même plus disposer de celui-là, monsieur Brossard.

– Mais pour l'instant il marche encore et je vous paie pour répondre courtoisement.

Doucement, elle raccrocha le combiné sans tenir compte des « Allô ! » pathétiques qu'on entendait grésiller dans l'écouteur.

– Vous me payez ? Mais vous me devez deux mois de salaire ! Et quatre mois à l'URSSAF ! Et la TVA ! Et les fournisseurs, monsieur Brossard !

Il retourna à la contemplation de la cour.

– Le mérou, ça peut se manger bouilli ou à la poêle.

– Pourquoi ? Vous voulez le manger à midi ? demanda-t-elle, inquiète.

– Non. À midi, j'ai un rendez-vous.

– Non, dit la secrétaire en feuilletant l'agenda d'un geste détaché. Vous n'avez pas de rendez-vous, je n'ai rien de noté pour midi.

– C'est un rendez-vous personnel.

– Personnel ? s'étonna-t-elle en plissant les deux bouts d'écaille qui lui servaient de paupières. Et avec qui ?

Brossard s'arracha au spectacle de la cour pour examiner de nouveau son employée. Elle était figée dans son attitude favorite de gypse fer de lance, elle attendait la réponse sans ressentir le moindre scrupule d'une possible indiscrétion. Quelques années auparavant, il aurait répondu : « Ça ne vous regarde pas. » Plus maintenant. Il n'avait qu'une seule chose à cacher au monde, et toute son énergie dissimulatrice s'y investissait. Alors, il considérait le reste comme du domaine public, même si le seul public en l'occurrence s'appelait Thérèse Mititei. Il dit :

– Ça va vous surprendre, mais je n'en sais rien.

– Vous avez rendez-vous avec quelqu'un et vous ne savez pas qui ?

– C'est ça.

– Et loin ?

– Non. À Belleville.

Il marcha vers son bureau avec deux sondes endoscopiques fixées dans son dos. Elle l'arrêta :

– Monsieur Brossard, je suppose que l'affaire Zwröytswitzch s'est révélée aussi stérile que prévu.

– C'est exact. Alors pourquoi me l'avoir mise au planning ?

– Il fallait essayer. On n'est pas en situation de faire les difficiles. Dois-je le retirer du fichier ?

Georges inclina la tête et grogna :

– Non. Surtout pas. Celui-là, je l'aurai. Tôt ou tard, mais je l'aurai.

De l'antique café à grand comptoir situé au carrefour du boulevard de Belleville et de la rue de Belleville, *La Vielleuse* n'avait gardé que le nom, l'emplacement et la superficie. Pourtant, *La Vielleuse* avait plus d'un titre pour revendiquer un respect historique : c'est le seul débit de boissons parisien sur lequel soit tombé un obus de la grosse Bertha pendant la Première Guerre mondiale. Pour la troisième fois, Georges Brossard procéda à l'examen minutieux des photos d'époque qui, sur les murs du café, commémorent l'événement. Un garçon s'approcha, excédé.

– Écoutez, monsieur, c'est pas un musée, ici ! Ça fait une demi-heure que vous traînez devant ! Faut pas pousser, tout de même ! Si vous voulez regarder les photos, vous n'avez qu'à consommer !

Le gros mal rasé regarda sa montre.

– Ça sera inutile, merci, dit-il tout bas.

Et il sortit.

Personne n'était venu, et ça n'en rendait l'énigme que plus épaisse. Brossard arpenta en méditant la réplique assez fidèle d'un trottoir de Tunis qui longe ce côté du boulevard de Belleville, musiques arabes, odeurs d'épices, camelote à deux sous étalée sur le bitume. Mais aujourd'hui, il n'apprécia pas ; il ne se sentait pas dans son assiette. Comme il lui restait une heure à perdre et qu'il n'avait pas faim, il dirigea ses pas vers le Xe arrondissement.

Marie-Rose se pencha pour nettoyer un reflet sur sa minijupe en cuir. Elle venait de passer les cinq minutes précédentes à observer une scène sur le trottoir d'en face.

– Qui c'était, cette banane avec qui elle discutait, Sylviane ? Tu crois pas qu'il faudrait prévenir Momo ?

– Non, c'est le phénomène, c'est rien, répondit sa voisine qui fumait une cigarette, assise sur le capot d'une voiture (les flics nouveaux dans le quartier l'engueulaient chaque fois, mais c'était SA voiture, alors ils trouvaient qu'elle était mal garée, puis ça finissait toujours par s'arranger). Il a fait le coup à toute la rue.

– Quel coup ?

– Une marotte bizarre : il propose aux nanas de les payer avec autre chose que de l'argent.

– Ah ! Qu'est-ce qu'ils vont pas chercher ! Et quoi par exemple ?

– Son poids en confiture, un conseil utile, une belle histoire, une sérigraphie, des ustensiles de cuisine…

Sylviane regarda la porte par laquelle le petit gros mal fagoté avait disparu.

– Et ça marche ?

– Pas vraiment. Au début, on le prenait pour un maniaque, qu'est-ce qu'il s'est fait jeter, le pauvre gars ! Maintenant il est connu, alors quand les filles sont de bonne humeur, pas trop surmenées… Ça les fait marrer, quoi… Il est réglo, note bien, il dit que comme ça, il a l'impression qu'on fait ça pour autre chose que de l'argent.

– Avec toi aussi ?

– Une ou deux fois, oui…

Elle sourit à ce souvenir.

– Une fois, il m'a payée en me racontant un conte de fées, l'histoire d'une petite fille qui cherche son petit ami en Laponie. Ben, crois-le ou pas, ça m'a fait pleurer.

3

Georges Brossard habitait au cinquième étage d'un immeuble bourgeois à Vincennes. C'était un appartement des années 30, héritage qu'il avait reçu d'une tante paternelle. Elle l'avait jadis acheté à un marchand de biens par pure spéculation, puis elle était morte sans avoir pu en réaliser le bénéfice et sans même avoir jamais su à quoi ressemblait son achat.

Georges fit une pause sur le palier du troisième. À quarante-six ans, il n'était faible que par manque d'exercice. Du moins, il le pensait. Il remettait toujours au mois suivant le démarrage d'une grande campagne de redressement physique. Mais il songerait sérieusement à tout ça le jour où il aurait fini son Œuvre. Il attaqua le quatrième étage, la tête occupée par deux pensées simultanées : la première, qu'il s'arrêtait chaque année un peu plus longtemps sur le palier du troisième, la seconde que le verbe « réaliser », pour dire « convertir en argent », avait un petit côté ridicule et profond qui devait cacher quelque chose d'intéressant. Il se souviendrait de le noter ce soir au coin d'une page.

Ça faisait déjà trois ans que le syndicat des copropriétaires débattait sur la question de l'ascenseur. Le coût prohibitif d'un tel équipement et l'ampleur des travaux divisaient les copropriétaires en trois : ceux qui possédaient des appartements au rez-de-chaussée, au premier et au deuxième étaient farouchement contre, ceux qui en possédaient aux troisième, quatrième, cinquième et sixième étaient farouchement pour, une dernière partie ne s'en mêlait pas, sachant que, de toute façon, le combat des premiers était inéluctablement voué à l'échec, qu'il faudrait en passer par là tôt ou tard, ne serait-ce que pour maintenir la valeur du bien immobilier, mais qu'en attendant, c'était toujours ça qu'on ne dépensait pas. Pour l'instant, comme les voix des trois étages inférieurs jointes à celles des attentistes radins constituaient la majorité des millièmes, la situation était bloquée.

Brossard, lui, aurait dû en toute logique se trouver dans le camp des pour, possédant un lot au cinquième et, en outre, y résidant. Mais, à l'indignation générale, il avait rejoint le camp des contre. Et donc, les pour vomissaient cet odieux renégat, ce traître borné, ce père Grandet d'un autre âge, dont la défection compliquait encore le problème, et les contre qui l'avaient accueilli se méfiaient de ce transfuge suspect, qui n'était assurément là que pour mieux retourner sa veste au moment le plus opportun, rallier son camp d'origine, voire pour monnayer son appui.

Mme Griffon, qui habitait au même étage que lui et souffrait d'arthrose articulaire, le tenait pour directement responsable de son martyre. Chaque fois qu'elle le croisait dans l'escalier, elle accentuait son boitement et gémissait atrocement, tout en l'accablant de regards haineux. Dans l'immeuble, tout le monde détestait Brossard, mais son sinistre métier l'auréolait d'un reflet de soufre, et ce mélange de crainte et de respect poussait les voisins à la circonspection.

Ça ne l'avait pas empêché de mener pendant longtemps une guerre implacable avec le copropriétaire du dessus, qui, depuis l'histoire de l'ascenseur, éprouvait le besoin de déménager des enclumes toutes les nuits vers 3 heures du matin. L'agressé avait contre-attaqué en faisant cuire des sardines dès que l'agresseur ouvrait sa fenêtre, lequel chaque nuit répara son plancher après avoir déménagé ses enclumes, ce qui incita le voisin du dessous à faire cuire tous les jours dès l'aube du chou-fleur, du chou aigre, des merguez et des œufs en meurette ; l'escalade aurait pu encore monter, mais elle cessa faute de combattant. Le copropriétaire du sixième avait vendu trois semaines auparavant, et l'occupant qui l'avait remplacé était si discret, si silencieux, que les habitants de l'immeuble l'appelaient le Fantôme ou le Mort. On affirmait qu'il vivait là, mais nul ne le voyait jamais, ne l'entendait jamais, et Brossard songeait que personne n'avait jusque-là jugé bon de vérifier s'il ne l'était pas, mort.

Arrivé devant sa porte, il fouilla sa poche pour en tirer un trousseau de clés. Après avoir trifouillé dans les quatre serrures, il poussa l'huis dont il avait lui-même bricolé le blindage et qui s'ouvrit dans un grincement de film d'épouvante. Son appartement était odieux, sombre, décati, conçu selon un plan si tordu qu'on l'aurait dit issu du cerveau malade d'un architecte psychopathe. En réalité, et de toute évidence, cet appartement ne s'était trouvé là qu'à seule fin d'occuper les blancs sur les plans d'origine, lorsque, après avoir fini les dessins des vrais appartements du pourtour, l'architecte s'était aperçu qu'ils ne collaient pas entre eux.

Mais cet appartement bâtard, Brossard l'aimait. Les murs au papier peint d'avant-guerre entouraient l'occupant d'une carapace étanche, qui l'isolait du monde extérieur mieux que la glaise d'un terrier. Une fois refermée la porte du palier, une fois passé les trois coudes et contre-coudes du corridor, il se trouvait devant la porte du saint des saints : son bureau privé, le sanctuaire inviolable, l'antre où l'Œuvre s'enfantait dans le silence et la douleur, l'écrin qui contenait sa raison de vivre, son Secret. Cette porte, il l'avait également blindée lui-même : avec un véritable morceau de blindage militaire de deux centimètres d'épaisseur qui provenait du cuirassé *Jean Bart,* récupéré par son père lors du désarmement du navire ; son poids était tel qu'il avait fallu une petite roulette pour la soutenir, sinon elle aurait arraché les gonds.

Rituellement, comme tous les soirs, après avoir ôté son imper froissé, l'avoir posé sur la patère de gauche, il sortit la clé bizarre qui était en permanence accrochée à son cou. La serrure cliqueta, la petite roulette de la porte parcourut son voyage sur l'arc de cercle gravé dans le lino, et Georges alluma la lumière : un abat-jour qui laissait les trois quarts de la pièce dans la pénombre. Il contempla son Œuvre longuement, l'établi et les étagères où s'amoncelaient les fruits de sa recherche, la chaise qu'il rejoindrait dans quelques instants. Comme chaque soir, ses yeux s'arrêtèrent sur la photo de sa femme, accrochée au mur dans un sous-verre serré par des pinces métalliques, et son cœur manqua un battement. Il dit : « Bonsoir, Mireille. »

Il éteignit et passa dans le salon. Celui-ci avait un plan en L : le canapé logé dans une branche, les deux fauteuils dans l'autre, et la table basse coincée à la jonction. De l'extrémité du canapé, on ne voyait pas le second fauteuil, mais ça n'avait pas d'importance, il n'y avait jamais d'invités. Georges alluma la chaîne stéréo pour y passer sa musique favorite : un microsillon de Brahms, toujours le même, tellement usé que les contrebasses en avaient disparu et que les violoncelles s'apprêtaient à en faire autant. Il se servit un large verre de rosé tiède, le frigo était en panne, se colla entre les lèvres son premier cigarillo de la journée et s'assit sur un des fauteuils.

Ce n'est que là qu'il s'autorisa à sortir de sa poche l'enveloppe qui l'avait poursuivi douze heures durant, afin de l'examiner de nouveau.

Des lettres anonymes, Brossard en recevait des tas, tous les jours, de tout style et de toute origine, mais d'un contenu à peu près semblable quant au sens profond : « Grosse merde, j'aurai ta peau. » Celle-là, il n'en comprenait ni le sens, ni l'enjeu. C'était un simple papier, genre feuille de bloc-notes, où quelques mots avaient été griffonnés, manifestement à la hâte : « Georges, toi seul peux m'aider. Rends-toi je t'en conjure demain mercredi vers midi au café *La Vielleuse*, à Belleville. Je te donnerai toutes explications de vive voix. » Et c'était signé : « Ton frère. »

L'enveloppe n'avait pas été postée mais jetée dans la boîte aux lettres de son domicile le matin même.

Georges n'avait pas de frère.

Si c'était un canular, ce n'était pas drôle.

Si c'était une vengeance, ce n'était pas méchant.

Si c'était un piège, il était raté.

Et puis le tutoiement. Depuis seize ans, plus personne ne le tutoyait en dehors des insulteurs. Il pouvait avoir connu l'auteur dans sa vie d'avant. Mais de qui s'agissait-il ? Comment, en ce cas, avait-il eu son adresse ? Et de quelle aide était-il question ?

Les probabilités en valeur absolue, toutes sollicitations confondues, étaient de 87 % pour une demande d'argent, 12 % pour une aide physique, 6 % pour une assistance morale et le reste s'éparpillant. Mais on ne lui demandait jamais d'argent. En général, on lui demandait plutôt de ne plus en demander.

Il replia soigneusement le papier en respectant le pli d'origine et le glissa dans l'enveloppe. Le rendez-vous raté signifiait peut-être qu'il n'aurait jamais de réponse à ce mystère et ça l'énervait prodigieusement. Ce soir-là, l'Œuvre n'avança pas beaucoup.

Le lendemain était un vendredi et il pleuvait. Dans la cour, une goutte tombait au même endroit depuis trois ans, à cause d'un trou dans la gouttière de zinc. Dûment prévenu des dégâts spectaculaires qu'une seule goutte peut entraîner à la longue sur le crépi d'un mur, le syndicat des copropriétaires avait décidé d'attendre la réfection du toit pour réparer les gouttières. On n'allait pas payer un échafaudage pour un seul trou de zinc.

Brossard se réveilla dans un état misérable : il avait fini la veille la bouteille de rosé tiède et ce genre d'intempérance lui arrivait assez rarement. Il commença par prendre une aspirine avant de se laver à l'eau glacée pour se réveiller. La pendule marquait 7 heures. Il se rasa et soutint son regard dans la glace, en refusant de se juger plus gras et plus jaunâtre que la veille, mit au sale sa chemise (il aurait déjà dû le faire depuis trois jours), en sortit une autre de l'armoire en agglo bon marché, et passa dans la cuisine pour se faire chauffer l'eau de son Nescafé. L'appartement était silencieux, seul le ploc ploc de la goutte dans la cour rivalisait avec le tic-tac de la pendule. En avalant le liquide trop tiède et trop délayé, vaguement sucré à l'Aspartam, il jeta un coup d'œil sur son planning : il avait un mauvais payeur à visiter avant de se rendre au bureau. Prendre les débiteurs à 8 heures pile se révélait parfois une tactique payante.

Mais le débiteur en question était déjà réveillé. Soit il s'était levé tôt, soit il n'avait pas dormi. Il regarda approcher le visiteur matinal avec de petits yeux plissés, debout sous la bruine au milieu de son jardin-garage-casse, une tartine de rillettes à la main.

– Qu'est-ce que tu veux, Ducon ? dit-il, la bouche pleine.

Brossard n'avait jamais pu arracher un centime de Costenzo. Il rêvait du jour où il y parviendrait, car Costenzo avait tellement de dettes que, ce jour-là, Brossard serait riche. Toutefois, l'aspect et les dimensions du personnage expliquaient la pusillanimité des huissiers à son égard et les réticences des créanciers à lui envoyer leurs propres démarcheurs.

– Costenzo Bernard, je viens vous proposer un arrangement.

L'homme, dont les bourrelets de graisse se tenaient difficilement à l'intérieur d'un maillot de corps qui ressemblait à une toile de Pollock humide, plissa encore plus ses petits yeux méchants, se gratta les testicules et avala sa bouchée.

– Qu'esse-tu parles d'arranger ? Qu'esse-tu viens me faire chier quand je suis en train de bouffer ?

Georges aurait bien voulu poser ses yeux sur l'ampoule nue qui pendait au-dessus de la porte d'entrée, mais il était plus prudent de les laisser sur le personnage.

– Monsieur Costenzo, il existe une procédure spéciale pour difficultés financières passagères. Un simple premier versement démontrerait votre bonne volonté.

– Merde, je le reconnais, celui-là ! Il est d'jà venu ! Chantaaal !

Il s'avança de trois pas, tandis que Brossard reculait de quatre. À la fenêtre du pavillon, se montra une houri ensommeillée, aussi décrépite que le mur qui l'entourait.

– Qu'essy a ? Mais t'es taré de gueuler à cette heure-ci ! Pourquoi tu m' réveilles ? demanda l'apparition.

– Regarde-le celui-là ! Je l'avais pas assez assaisonné, il est revenu !

– Qui c'est, ce con ?

– Réfléchissez, Costenzo ! Vous n'allez pas pouvoir échapper longtemps aux rigueurs de la loi. C'est mon dernier avertissement.

– T'entends, Chantal ? Il est venu m'avertir !

Il avança encore. Brossard recula encore.

– Attention, Costenzo, vos créanciers perdent patience ! Cette fois-ci, c'est sérieux ! Vous risquez la prison !

– T'entends, Chantal ? Il me menace.

– Chamboule pas le jardin et fais pas trop de bruit, répondit-elle, et elle retourna se coucher.

Costenzo passa ses gros doigts boudinés entre les plis de son triple menton. Il semblait hésiter.

– Si je vous donne 100 balles, ça les calmera ? demanda-t-il.

Il sortit un billet chiffonné de sa poche.

– À la bonne heure, sourit le chevalier du contentieux, aussi stupéfait que soulagé. C'est symbolique, mais c'est un début.

Il s'approcha sans méfiance pour prendre le billet, tendre un reçu, et se retrouva à genoux, le cou serré entre deux mains implacables, plus fermes que des serre-joints, et la tête écrasée contre l'entrejambe d'un pantalon pas douteux : franchement dégueulasse.

– Tiens, suce ! rigola la brute. T'en veux, des arrangements ? Je vais t'arranger, moi ! Ah ! Ah ! Je te tiens, lopette ! Foutue merde ! Ce que je dois, c'est rien à côté de ce que tu vas prendre !

Après avoir frotté la tête du visiteur contre sa braguette, il releva son prisonnier qu'il dominait de cinquante bons centimètres en hauteur et plus encore en largeur, le tint en l'air d'une seule main, et de l'autre, lui fila deux gifles. Puis il lui rota au visage une haleine de rillettes et de calva.

– T'as pas honte, d'emmerder les pauvres ? T'as pas honte, dis, risotto ? Dis-moi que t'as honte, grosse pédale !

– Oui, j'ai honte, monsieur Costenzo ! couina Georges, blême de terreur. J'ai très honte.

Le géant le retint par l'arrière du col et lui introduisit deux doigts couverts de rillettes et de cambouis dans les narines.

– Alors, il faut changer de métier, croupion.

– Je vous jure gue z'est dans bes brojets, bonsieur Costenzo ! hurla Georges qui se tordait la tête en arrière pour échapper aux deux appendices immondes qui pénétraient ses sinus.

– Pas si vite, glaviot ! D'abord tu vas être gentil avec Costenzo. Tu l'aimes bien, vérole, hein, ton Costenzo ! Tu peux pas te passer de moi que tu reviens si souvent ! Dis que tu m'aimes, grosse fiotte ! Dis que tu m'aimes ou je t'arrache ton mignon tarin comme une capsule.

– Je vous aibe, bonsieur Costenzo !

Mais la pluie et les rillettes avaient rendu les mains du monstre glissantes, et la peur, le captif agile. Il parvint à force de contorsions à échapper à la poigne de fer.

Il se jeta en suffoquant sur le sol du garage, entre la BMW et la Harley, dans une flaque de boue et d'huile de vidange. Le débiteur déçu plongea pour le rattraper, mais Georges roula sous la voiture, se releva de l'autre côté et parvint à sauter par-dessus la grille du jardin. Là, après s'être assuré que la distance de sécurité était acquise, il s'arrêta. La boue noirâtre et irisée dégoulinait de l'imper jaune et de la sacoche qu'il n'avait pas lâchée dans l'action. Il cria d'une voix suraiguë, rendue hystérique par l'émotion :

– Costenzo, vous me le paierez ! Ça sera marqué sur l'addition, je vous le jure, Costenzo.

Le monstre éclata d'un rire gras.

– Et qu'est-ce que tu veux faire ? Appeler les flics ? Mais réfléchis deux minutes, trou de bite : c'est TOI qu'ils colleraient au ballon !

Il repartit à rire tandis que Brossard le fixait, stupidement, en se balançant sur ses courtes jambes. Il ne savait plus quoi dire. Ça faisait longtemps qu'il ne s'était pas fait avoir par un de ces fumiers, il n'en revenait pas de sa maladresse. Et plus il restait, plus l'autre rigolait :

– Oh, putain, c'est une journée qui commence bien, mon pote ! Ah, je te jure, ça met en forme, c'est mieux que le joguinge ! Reviens quand tu veux, gros lard ! Chantaaal ! Prépare tes miches ! Il m'a excité, ce con !

Pour mettre fin à l'entretien, l'Ignoble fit mine d'avancer vers sa victime en criant : « Ouah ! » Le visiteur sursauta, fit demi-tour et courut vers sa voiture.

4

Quand elle vit entrer son patron le visage tuméfié, dégoulinant de pluie et de gadoue, Mlle Mititei poussa un cri d'horreur. Elle sauta de sa chaise en fixant d'un regard horrifié les gouttes qui tombaient sur le parquet.

– Sortez ! Vous mouillez tout ! siffla-t-elle.

Brossard grogna, ôta son imper et, s'en servant comme d'une serpillière, il essuya l'eau du plancher. La secrétaire se rassit.

– Vous auriez pu passer par la blanchisserie avant de venir tout salir ici.

– J'y suis passé, ils n'ont pas voulu de moi, soupira le patron.

– Costenzo, hein ?

En frottant doucement ses narines boursouflées, Brossard poussa un soupir encore plus profond qui signifiait que oui.

– Alors cette fois-ci vous avez peut-être compris qu'on ne peut rien en tirer. Je l'enlève du fichier.

– Non. Surtout pas. Celui-là il est trop beau. Je l'aurai. Je ne sais pas encore comment mais je l'aurai.

La secrétaire jeta ses yeux terribles sur une armoire métallique.

– Là-dedans, il y en a exactement deux cent treize que vous aurez. Vous ne savez pas encore comment, mais vous les aurez.

Brossard releva son regard sur sa salariée. Si d'ordinaire, elle n'était pas un modèle de riante euphorie, il la trouvait ce matin spécialement saumâtre. Peut-être elle avait ses règles, mais il n'avait jamais pu imaginer ce fucus exsangue ayant quoi que ce soit de commun avec la féminité. À regarder mieux, il vit qu'elle tremblait légèrement.

– Qu'est-ce qu'il vous arrive, mademoiselle Thérèse ? Vous semblez bien à cran, ce matin.

– Trois fois. Il a téléphoné trois fois depuis 8 heures !

– Qui ça ?

– L'obsédé ! Le pornographe ! Je vous préviens, monsieur Brossard, je ne vais pas supporter ça longtemps ! J'ai passé l'âge de la patience.

– Je vous comprends, mademoiselle Thérèse. La prochaine fois, passez-le-moi. Je vais me changer.

Il se dirigea vers son bureau.

– Non, dit la secrétaire. Il y a quelqu'un.

Brossard se retourna d'un bloc.

– Quelqu'un ?

– Oui. Qui vous attend dans votre bureau.

– Qu'est-ce qui vous prend de faire attendre les clients dans mon bureau quand je suis pas là ?

– Ce n'est pas un client. Elle m'a dit que c'était personnel.

– Personnel ? Elle ?

– Oui, c'est une jeune fille, précisa Thérèse d'un air détaché, mais ses yeux foraient la boîte crânienne de son patron comme s'ils avaient pu en extirper l'explication. Elle m'a affirmé qu'elle était de votre famille, mais elle n'a pas voulu en dire plus.

Le directeur se précipita sur sa porte, l'ouvrit en tornade et s'immobilisa brutalement sur le seuil. Le fauteuil administratif récupéré des Domaines – plastique verdâtre, armature tubulaire –, qui faisait face à son bureau, était effectivement occupé par une jeune fille. Comme elle ne se tourna pas à son entrée, il contempla son profil de trois quarts arrière : elle avait dans les vingt ans, les traits fins d'une sculpture de Phidias et la peau diaphane d'une étudiante qui ne mange que les salades de la cafétéria. Une épaisse chevelure noire lui couvrait les épaules, si belle et si opulente que le dossier du fauteuil semblait se rétracter sous la provocation. Pour le reste, elle était vêtue comme un mannequin échappé des pages les plus pointues de *Marie-Claire*. En détaillant les pièces de son habillement, Brossard se demandait si de tels objets avaient été payés au comptant, donc hypothécables, ou s'ils étaient encore sous la réserve d'un prêt contracté pour leur achat.

– Bonjour, dit-il. Qui êtes-vous ?

La présence de cette créature dans ce bureau, sous le néon crapoteux, évoquait irrésistiblement une libellule prise dans un carter de Diesel, sauf bien sûr pour l'occupant dudit bureau. Elle ne répondit pas, son visage tourna juste de quelques degrés comme si elle attendait que son hôte daignât entrer dans son champ visuel. Quand il y fut, elle le détailla avec une curiosité presque avide.

– Bonjour, dit-elle seulement, et sa voix avait le chatoiement d'une jelly anglaise, la fraîcheur d'un robinet de bière pression et la profondeur d'un aven.

Était-ce la beauté du timbre, Brossard prit soudain conscience de ses vêtements immondes et de sa sacoche couverte de boue noirâtre, mais ce n'était pas suffisant pour le mettre mal à l'aise.

– J'ai eu un léger accident, dit-il. Je n'ai pas entendu qui vous étiez.

– Je ne vous l'ai pas dit, susurra-t-elle.

Et elle agrémenta la merveille qui lui servait de visage d'un petit sourire qui fit ressembler le pourtour de sa bouche aux fontaines de Versailles à la seconde des illuminations.

– Prenez le temps de vous asseoir, ajouta-t-elle.

Brossard fixa le calendrier des PTT attaché derrière la porte qu'il venait de fermer, coupant ainsi la portée des radars ennemis. Il attendit quelques secondes avant de dire :

– Ici, c'est mon bureau. La courtoisie ainsi qu'une certaine logique voudraient que ce soit à moi de proposer un siège à mes hôtes et non l'inverse. Vous avez sans doute appris les bonnes manières dans un film de détective privé. Mais ici, on en est loin.

Il s'assit. Dans le mouvement, il constata que la jeune fille avait à ses pieds un objet bâtard : mi-mallette, mi-porte-documents. Il sortit ses lunettes et les cala sur son nez encore douloureux.

– Maintenant, consentirez-vous à me dire qui vous êtes et ce que vous voulez ?

Mais la beauté ne consentit pas. Pour toute réponse, elle demanda :

– Vous êtes bien Brossard Georges François Samuel ?

Le susnommé sentit sa patience s'effriter. Mais quelque chose commença à lui chatouiller l'occiput.

– C'est moi, oui, répondit-il calmement. Du cabinet Brossard, gestion de contentieux, suivis de procédure, recouvrement de créances, même des plus désespérées. Que puis-je pour vous ?

– Pour moi, rien. Pour mes clients, beaucoup.

– Vos clients ?

D'un geste très naturel, la jeune fille hissa la mallette sur ses genoux et en sortit un épais dossier qu'elle feuilleta d'un doigt rapide.

– Monsieur Brossard, à titre personnel ou professionnel, vous êtes redevable à divers fournisseurs, établissements bancaires et institutions d'une somme avoisinant les…

– Hein ? glapit Georges. Pardon ?

– Vous ne me connaissez pas, mais nous sommes confrères, cher monsieur, reprit-elle d'un air hautain. Mon cabinet a été contacté par un prêteur privé qui en a assez d'attendre vos remboursements, et j'ai fait la tournée de vos créanciers.

– Mes créanciers, hoqueta Georges.

– Je ne vous cache pas que nous avons déjà dépassé le stade du tribunal de police et que nous allons à grands pas vers la correctionnelle.

Georges la dévisageait, paralysé, la bouche entrouverte, tandis qu'elle entassait papiers bleus et sommations sur le bureau avec les gestes gracieux et le sourire ingénu d'une adolescente en train d'étaler sa collection de photos de vedettes.

– Mais comme vous êtes de la profession, et que vous connaissez les arcanes du métier, nous irons plus vite. (Elle posa devant lui un formulaire jaunâtre.) Ce protocole de remboursement à l'amiable est du type « Dernier refuge avant la prison ferme et l'interdiction bancaire définitive », vous connaissez ?

Elle sembla mettre à profit le silence qui s'était installé pour observer le désarroi de sa victime sans en perdre une miette. C'était monstrueux. Brossard lui-même ne faisait jamais ça : en ces cas-là, il détournait pudiquement le regard.

– Écoutez, mademoiselle, votre démarche me surprend énormément... Ces difficultés sont tout à fait provisoires, et je... Elles sont dues à un problème de liquidités temporaire, et... je ne comprends pas que mes fournisseurs aient employé ce recours sans même me prévenir ! C'est inconcevable ! C'est même insultant de leur part ! Comment s'appelle votre cabinet ?

– Allons, monsieur Brossard, un vieux routier comme vous !... Prises isolément, vos créances ne sont pas dramatiques, mais ensemble, c'est Fleury-Mérogis.

– Ridicule ! Je n'ai rien commis d'illégal et mes dettes sont comparables à celles de n'importe quels PME ou travailleur libéral en période de crise !

– Mais justement, les périodes de crise sont les plus bénéfiques pour notre profession, et vous n'en profitez pas. Vous devriez changer de métier, monsieur Brossard.

Le silence retomba, et pour la deuxième fois de la journée Brossard ne sut pas quoi faire. Il se décida enfin à jeter les yeux sur le sinistre dossier appelé « Protocole de remboursement amiable » que la jeune fille lui avait donné. Il tressaillit : le formulaire qu'il tenait dans les mains était un prospectus publicitaire pour des tondeuses à gazon. Il feuilleta tous les papiers que la visiteuse avait posés sur le bureau, pour s'apercevoir que les menaçantes sommations n'étaient que tracts, feuilles de journaux découpées, prospectus et réclames diverses.

En même temps que la colère, plusieurs explications affluèrent à sa conscience, mais il n'eut le temps ni d'exprimer l'une ni d'envisager les autres. Sans aucune explication, la visiteuse lui brandit sous le nez une enveloppe sur laquelle était écrit :

« *À GEORGES, MON FRÈRE.* »

Coupé dans son élan vengeur, Brossard se rassit au fond du fauteuil, chercha un mouchoir pour s'essuyer le front, n'en trouva pas et ouvrit l'enveloppe d'un index un peu tremblant. Il en sortit trois grandes feuilles manuscrites dont l'écriture ne lui était pas plus familière que la créature qui lui faisait face. Sans plus s'occuper d'elle, il se plongea dans la lecture.

Cher Georges,

Dix-sept ans qu'on ne s'est pas vus. J'ai eu de tes nouvelles par une de tes victimes et j'ai trouvé ton agence et ton adresse. La vie a passé, mais ces dix-sept ans ne sont rien pour une amitié vraie. Et c'est en te serrant sur mon cœur que je compte sur toi pour m'aider.

Peut-être as-tu appris que j'avais réussi dans les affaires et que mon petit commerce d'import-export avait marché au point de me rendre très riche. Mais toute fortune a ses revers et peut-être ai-je eu tort de diversifier mes activités, ou de faire confiance à des gens peu recommandables, ou d'avoir eu le zèle de vouloir faire mieux qu'eux. Toujours est-il que l'air de la France devient malsain pour moi, et qu'au moment de l'épreuve mes yeux se tournent dans toutes les directions pour y chercher le secours de l'amitié. Ils n'y rencontrent que le désert. Je dois fouiller dans le passé, dans ma jeunesse, notre jeunesse, pour y trouver la chaleur d'une véritable affection.

Georges, au nom du bonheur que nous avons connu, au nom des 20 000 francs que je ne t'ai jamais remboursés, je te confie le trésor que j'ai de plus précieux au monde : Lucie, ma fille. Elle a vingt et un ans et mon cœur saigne à la simple idée de ne pas être là pour fêter son vingt-deuxième anniversaire. Des circonstances funestes m'interdisent de l'emmener dans ma retraite et je ne puis la laisser à Paris, livrée à elle-même. Sa majorité légale ne signifie rien pour elle. Depuis le départ de sa mère, Lucie n'a connu que le luxe, le raffinement et la protection d'un père excessif, coupable de trop d'amour. Il est temps pour elle de découvrir les arides côtés de l'existence, les dures réalités de la vie, du travail et de l'argent qui ne tombe pas du ciel. À tous points de vue, tu étais le mieux placé pour compléter son éducation.

Apprends-lui s'il te plaît cet envers de la médaille qu'elle n'a jamais connu, emmène-la avec toi dans ton travail, force-la à t'aider. Sois ferme. N'écoute pas ses jérémiades ni ses protestations. Prends-la en apprentissage. Quand je reviendrai, si ma Lucie a réussi à acquérir en mon absence cette cuirasse que je n'ai jamais su lui donner, je te couvrirai d'or (sans préjudice des 20 000 francs que je reste te devoir par ailleurs), dès que la roue de la fortune aura de nouveau tourné dans mon sens. Je souffre de te laisser Lucie sans autre pécule que ce qu'elle a sur son dos, mais je sais que tu prendras soin d'elle et que très vite, avec ta sagesse et tes conseils, non seulement elle gagnera elle-même de quoi te rembourser, mais elle te fera gagner de l'argent. Au demeurant, ce sera un bon début pour son initiation à la vie âpre et dure des petites gens.

J'ai vainement essayé de te dire tout ça de vive voix, mais ma situation s'avère plus délicate que prévu et mon départ devient urgent. Je n'ai pas pu venir au rendez-vous, tout juste ai-je eu le temps de finir ces lignes. Georges, ne m'abandonne pas.

Ton vieil ami, ton frère,
Toussaint Sarfatoussi.

5

Brossard acheva sa lecture sans émoi apparent, hormis le bord supérieur de la lettre, qui, amplifiant le tremblement de ses mains, s'agitait comme une nageoire. Son regard était reparti vers le calendrier des postes, mais cette fois-ci, se projetait bien au-delà, vingt ans en arrière. Sarfatoussi. Vieil escroc. Fantôme d'un temps où Georges avait des amis. Le mot ami ne lui convenait d'ailleurs qu'à moitié. Sarfatoussi n'était pas mort, et la créature lumineuse qui venait de jouer une blague atroce était ce bébé que Georges avait tenu dans ses bras dix-huit ans auparavant. Il se ressaisit avant qu'il ne soit trop tard, et son attention revint à la jeune fille.

– Vous êtes Lucie Sarfatoussi ?

– Oui.

Il déglutit. Malgré ses efforts, les souvenirs rappliquaient en force dans un mélange de tristesse et de surprise, épicé par la colère. Ça faisait beaucoup d'émotion d'un coup.

– Et vous vous annoncez toujours comme ça chez les gens ?

– Ça dépend du jour. Ça dépend de l'humeur.

– D'où avez-vous obtenu ces renseignements sur moi ?

– C'est pas bien difficile : il suffit de vous regarder.

Brossard reposa lentement la lettre sur son bureau. Et entreprit de la replier soigneusement, tout en jetant des regards furtifs à sa visiteuse.

– Mademoiselle, Toussaint, votre père, était effectivement une relation de jeunesse. Mais il s'est trompé sur mon compte : je ne me sens pas une âme de tuteur. Mais alors, pas du tout.

– Je ne sais pas où aller, dit-elle comme si c'était une évidence. Vous pouvez pas refuser ça à mon père.

– Si, je peux. La ville regorge d'hôtels convenables, vous êtes majeure, je ne vois pas où est le problème.

– J'ai pas d'argent.

– Moi non plus, vous l'avez dit vous-même. Vous avez sur le dos de quoi vous payer six mois d'hôtel deux étoiles, vendez-en de quoi vous offrir une semaine.

– C'est de la confection. Vous y connaissez rien.

– C'est vrai. Quoi qu'il en soit, votre père a eu une idée saugrenue. Ça ne m'étonne pas, d'ailleurs, il était déjà tordu à l'époque, il a pas dû s'arranger en vieillissant. Et à en juger par notre premier contact, vous êtes aussi tordue que lui.

– Je veux travailler.

– Ridicule. Allez chercher ailleurs. Dans la mode ou la photo. On n'y fout rien, et c'est mille fois mieux payé qu'ici.

– C'est ici que papa m'a dit de venir.

– Eh bien, je n'ai pas les moyens de vous accueillir. Il n'y a pas de travail pour trois ici. Voilà.

– Un instant. Savez-vous que pour un apprenti, dans certaines branches, non seulement on ne paie pas de salaire, non seulement on est exonéré d'URSSAF et de retraite, mais il existe deux subventions distinctes pour chaque création de poste ? Plus une prime de l'Agence au développement ?

– C'est vrai, ça ?

– Tout est dans le dernier numéro de la *Revue fiduciaire.*

Le directeur dodelina du chef, en dépit de ses sinus douloureux.

– Mademoiselle Mititei ! appela-t-il.

La gorgone ne mit pas longtemps à s'encadrer dans la porte : elle était déjà derrière.

– Procurez-vous le dernier numéro de la *Revue fiduciaire.*

Elle repartit avec une mine dégoûtée. Brossard regarda la porte se fermer et, quelques secondes, laissa ses yeux faire du rafting le long de la cascade de cheveux noirs.

– Et vous voulez vraiment faire ce travail ?

– Je veux essayer.

– C'est idiot. Vous êtes jeune et belle. Certainement sensible et romantique comme le sont toutes les pisseuses à votre âge. C'est un travail ignoble, avec des gens ignobles, et moi-même je suis ignoble. Il faut certaines capacités pour faire ça.

– Ma démonstration de tout à l'heure ne vous a pas convaincu ?

L'argument porta. Brossard la considéra avec rancune et soupira.

– Mouais. Le mieux, c'est que vous veniez avec moi cet après-midi, j'ai un beau cas. Comme ça, vous jugerez par vous-même.

Il se pencha en avant tout en frottant son nez.

– Mais ne vous croyez pas arrivée pour autant ! Ça ne veut pas dire que je vous engage. Et n'allez pas imaginer que je vais vous héberger ! Faudra vous démerder.

L'homme habitait un galetas sans eau sous les combles d'un immeuble décrépi, près d'Aubervilliers.

Au chômage en fin de droits, cinq enfants, perclus de dettes, cancéreux et eczémateux chronique, non pris en charge par la Sécurité sociale pour des histoires de dossier non conforme, Hubert Mancillon s'était vu refuser le RMI et, pour nourrir ses enfants, il n'avait trouvé d'autre travail que de peindre à la main des petits soldats quatorze heures par jour pour un fabricant syrien, lequel les revendait à un distributeur français en assurant qu'ils avaient été peints à la main par des Indonésiens à Taïwan. Malheureusement, comme l'électricité était coupée, et que la lucarne ne répandait dans le taudis qu'une lumière parcimonieuse, Mancillon peignait ses figurines à la lueur d'une lampe à pétrole, donc moins bien et plus lentement que des vrais Indonésiens pour le même prix, et son employeur menaçait de lui faire payer les soldats ratés, lui affirmant qu'il avait dû vendre sous la dénomination « Buckingham Horse Guards » sa dernière livraison de commandos d'hommes-grenouilles.

Un jour, un représentant des Arts ménagers Extork SA était parvenu jusqu'à la mansarde, armé d'une opiniâtreté méritoire et d'un catalogue quadrichromie pour une télé couleurs à accus. Il n'y avait non seulement rien à payer au premier versement mais en plus, on recevait à cette occasion un chèque d'encouragement et un pin's. Pour les versements suivants, on s'arrangeait dans une chaude ambiance d'amitié et de confiance mutuelle.

Quelques heures après la livraison, la télé tombait en panne, deux semaines plus tard, les huissiers venaient saisir tout ce qui avait apparence d'objet manufacturé dans la maison – Mancillon n'avait pas d'outil de travail insaisissable puisqu'il travaillait au noir – sauf, curieusement, la télé. La totatité du crédit s'élevait à 6 750 francs, mais la négligence coupable du débiteur l'avait vite porté à 28 407 francs.

Les renseignements rassemblés sur lui par le créancier étaient accablants : le mauvais payeur avait de quoi régulariser sa situation, puisque nul ne l'avait déclaré non solvable, le représentant qui lui avait fait signer la commande avait souligné sa prompte propension à la dépense, affirmé avoir vu sur sa cheminée de dispendieux médicaments analgésiques d'un confort ostensible, et croisé une de ses filles en âge de travailler. De plus, il fallait faire vite car un décès inopiné pouvait empêcher prématurément tout remboursement.

Dans la voiture, Brossard lut *in extenso* à sa passagère la fiche qui résumait l'affaire, puis la commenta : le cas serait difficile, éthiquement délicat, socialement sensible, et la manœuvre s'annonçait incertaine, expliqua-t-il. En vrai professionnel, face à un problème épineux, Georges décrivit comment il sentait le frisson du défi lui fouetter le sang : moribond ou pas, il allait le cracher, son pognon, l'enflure.

Lucie avait écouté sans broncher, son délicieux menton fermement serré sous la moue figée de ses lèvres de corail, tout juste ses yeux s'étaient-ils un peu agrandis au fur et à mesure de l'explication.

– Vous êtes mon assistante. Pour vous donner une contenance, vous porterez ma sacoche. Et quoi qu'il arrive : pas un mot. C'est compris ?

Elle acquiesça.

L'ascension sombre et puante, placée là dans l'unique intention d'affaiblir les créanciers, ne fit que raidir Georges dans sa volonté. Il frappa à la porte de mauvais bois, arborant à l'avance un masque d'exécuteur impitoyable qui l'effrayait un peu lui-même lorsqu'il le répétait devant un miroir.

– Monsieur Mancillon ? dit-il d'un ton glacé dès que l'huis se fut ouvert. Agent de contentieux Brossard, j'ai reçu délégation provisoire du mandant Extork SA pour signifier au redevable Mancillon Hubert Charles Joseph une assignation en règlement différé afin de décerner contrainte par adjudication, dépens dilatoires et sénatus-consulte.

Mal rasé, tremblant, vêtu d'un pyjama troué enfilé pour la circonstance, les yeux brillants de fièvre, ce minable avait déployé toutes les recettes usées de l'apitoiement, Georges chercha des yeux le carreau qu'il venait de casser pour paraître plus misérable, tandis que l'homme pleurnichait :

– Mais, monsieur, je n'ai plus rien ! Vous êtes le troisième à passer aujourd'hui ! Votre prédécesseur a saisi la bouillie de pois cassés des enfants, et celui d'avant m'a même proposé de mettre ma fille sur le trottoir ! Si c'est pas malheureux ! Entendre ça après une vie de travail ! Moi qui ai toujours été d'une honnêteté scrupuleuse !

– Scrupuleuse, hein ? ricana Brossard en entrant, un doigt vengeur tendu vers la télé. C'est gagné honnêtement, ça ?

Mancillon baissa la tête, ses cinq enfants se pressaient autour de leur mère, silencieux et effrayés. Espérant plus de mansuétude, l'homme se tourna vers la jeune fille :

– Je sais, j'ai eu tort. Mais ces petits n'ont jamais eu de vacances et… Mais après tout reprenez-la, cette télé ! Pourquoi personne ne veut la reprendre ?

– Vous avez vu dans quel état elle est ? On casse, on dégrade, dans une frénésie de dépenses et de plaisirs, et après on laisse la facture à d'honnêtes commerçants, c'est ça ?

– Vous vous méprenez ! On n'a même pas de quoi manger et…

– Et on achète la télé ! Allons, vieux grigou, on me la fait pas si facilement. Vous avez une tête à cacher des pièces de 100 francs en argent sous les lattes du plancher.

– Qui ça ? Moi ? s'indigna Mancillon, suffoqué.

– Je vous conseille de ne pas atermoyer. Malgré vos grands airs, vous savez que ma visite est votre dernière chance.

– Après, c'est la prison ? demanda le plus vieux des garçons, les yeux agrandis d'épouvante.

– Pire : après c'est l'astreinte rogatoire par dessaisissement mutuel, répondit le visiteur.

L'enfant éclata en sanglots.

– Papa ! Je veux pas que t'ailles en astreinte rogatoire !

Brossard jeta un regard de côté à son assistante. Elle était blême.

Mancillon, imaginant que le silence inattendu de son visiteur pouvait être dû à un soudain accès de pitié, s'empressa :

– Jugez vous-même, monsieur ! Elle ne marche même pas !

Il l'alluma : une atroce omelette vibrante couleur vomi envahit l'écran, en même temps qu'une voix chevrotante se répandait dans la pièce.

Tandis que toute la famille contemplait le désastre cathodique avec une poignante désolation, Brossard aperçut les petits signes éperdus que lui adressait son apprentie.

– Un instant, dit-il au mauvais payeur.

D'un mouvement du menton, il invita la jeune fille à le suivre sur le palier. Il croyait qu'elle allait tomber dans les pommes.

– Qu'est-ce qu'il vous arrive ?

– Arrêtez, souffla-t-elle. Arrêtez ça.

– Pardon ?

– Moi, je veux bien payer sa dette. Que ça vienne de lui ou de moi, c'est pareil !

– Et avec quels sous ?

Elle tira la montre de son poignet.

– C'est une Rolex. Elle vaut la moitié de ce qu'il vous doit.

Il hocha la tête, l'air méprisant, en daignant à peine jeter un coup d'œil sur l'objet.

– Ts ts ts. Vous avez beaucoup à apprendre, dit-il, et encore plus à comprendre. Venez. Venez, je vous dis !

Il dut la prendre par le bras pour la forcer à retourner dans l'appartement. Elle se plaqua au chambranle de la porte tandis que lui-même s'asseyait sur un jerricane troué. Là, il se plongea dans une profonde méditation, les yeux fixés sur un bataillon d'evzones en train de sécher sur un cageot. Toute la famille respectait son silence. Il se pencha en avant.

– Ils sont pas mal, vos evzones, dit-il.

Mancillon gémit.

– Ce ne sont pas des evzones, ce sont des policiers montés canadiens…

Derrière lui, les regards de toute la famille attendaient le verdict, effrayés et implorants.

– Combien je dois, maintenant ? bredouilla le débiteur pour accélérer l'exécution.

Brossard se leva.

– Rien, dit-il.

Il sortit le formulaire bleu de sa sacoche et le déchira au-dessus d'un peloton de chasseurs alpins.

– Comment ça, rien ? demanda Mancillon, l'air égaré.

– Je prouverai au vendeur que votre créance est irrécouvrable. Si c'est moi qui le dis, ils abandonneront, croyez-moi.

Il se dirigea vers la porte où l'attendait la jeune fille mais Mancillon s'interposa.

– Eh ! Une minute ! Que croyez-vous faire, là ? Vous croyez que parce qu'on est pauvres, vous pouvez vous permettre n'importe quoi ? On doit rien ! C'est la meilleure ! T'entends ça, Gisèle ?

– On a eu droit à des traitements dégradants, mais celui-là, c'est le bouquet ! dit sa femme.

– Écoutez…

– Alors vous alliez partir, comme ça, ni vu ni connu je t'embrouille, ah, mais c'est un comble ! hurla Mancillon de toutes ses forces. Vous croyez que vous pouvez nous humilier à ce point ? Et pourquoi on aurait pas le droit à des huissiers comme tout le monde ? Je pue de la gueule ? Pourquoi on aurait pas le droit aux dettes, nous aussi ? Et à des importantes, même ! Des dettes, ça prouve qu'on existe, au moins ! C'est notre dernière raison de vivre et vous nous l'ôtez, espèce de dégueulasse !

Toute la famille le cernait, menaçante.

– On a beau être pauvres, on a notre dignité ! Y a des lois dans ce pays !

– Il a déchiré tous les beaux papiers bleus, le méchant ! dit un enfant.

– Méchant ! Méchant ! reprirent les autres.

– Écoutez, calmez-vous, bredouillait Brossard. Je comprends votre situation et…

En repoussant l'agresseur, il fit tomber une section d'artilleurs napoléoniens.

– Et il sabote mon travail, en plus ! Il a foutu mes cosmonautes par terre ! Oh, nom de Dieu, il va me rembourser ça ou je vais me le faire !

– Et regardez cette putain qui vient nous narguer avec ses vêtements de poule ! Arrachez-lui, les mômes, qu'on lui voie son cul, ça sera mieux que la télé !

– Gisèle, apporte-moi la 22 !

Lucie tomba deux fois en dévalant l'escalier et Georges échappa de peu à une cuvette en émail qui s'écrasa dans la cour à ses pieds.

Dans la voiture, Lucie reprenait son souffle en serrant ses mains sur sa poitrine. Deux reflets de sueur ourlaient la pointe de ses fins sourcils.

– C'est pas possible ! C'est vous qui les rendez comme ça ! dit-elle.

– Vous n'avez pas les nerfs assez solides pour un tel travail. Vous persistez ?

– Oui, dit-elle faiblement.

– Très bien. Vous allez voir le prochain, c'est justement l'heure de mon rendez-vous hebdomadaire.

Il démarra avec un sourire méchant.

6

– Et vous venez là toutes les semaines ?

À travers la vitre de la voiture, Lucie contemplait la façade d'un hôtel particulier à Neuilly, délabré mais encore crâne, tandis que Brossard choisissait parmi les nuances bleues des papiers de sa sacoche, se décidant pour un outremer clair.

– Oui. Tous les mardis à 16 h 30 pile, et c'est pas beau à voir.

Ils quittèrent la voiture et poussèrent une grille rouillée, dépourvue de sonnette. Le jardin, jadis paysager, n'était qu'un amas de broussailles traversé par un sentier tortueux, vestige d'une allée de gravier. Le chemin aboutissait à un perron, pour l'heure envahi d'herbes folles. Avant même que les visiteurs aient fini d'en monter les marches, une horrible voix s'éleva du corridor, si criarde et si haineuse que Lucie faillit s'enfuir.

– Allez-vous-en ! Salaud ! Vautour ! N'entrez pas ici ! Vous n'aurez pas mon argent !

Comme pour rendre les vociférations plus pitoyables encore, la porte était déjà entrouverte, serrure en miettes. Le vestibule sentait le moisi et la pisse de chat et il fallut à Lucie quelques secondes pour habituer son nez à l'odeur et ses yeux à l'obscurité. Les anathèmes provenaient d'un vieillard horrible et impotent, recroquevillé sur une chaise au fond du couloir, vêtu d'un peignoir en lambeaux, et qui serrait sur sa poitrine ses deux bras décharnés.

– Ah ! Vous êtes venus à deux pour m'assassiner, vampires ! Vous n'aurez rien ! Crevures !

– Allons, monsieur Birague, dit Brossard en agitant le papier bleu avec une joie mauvaise. Vous dites toujours ça et vous finissez bien par payer.

– Pas aujourd'hui ! Vous n'aurez plus un rond ! Vous m'avez saigné aux quatre veines, vous et vos complices !

– Pourtant vous allez me donner 176,50 francs, c'est pas beaucoup.

– Rien ! Vous n'aurez rien ! Partez !

Brossard s'approcha du vieillard d'un pas menaçant.

– Monsieur Birague, vous savez bien que votre créancier est impitoyable. Soyez raisonnable.

– N'approchez pas ! Saloperie !

Dans un bond, Brossard se jeta sur lui et lui écarta les bras de force tandis que le vieux hurlait au secours.

– Il va gentiment lâcher son crapaud, pépé ! Allez, donne !

Il n'y avait rien entre les bras du vieillard.

– Ooooooh, je vois. Môssieur a planqué son aubère, aujourd'hui… Môssieur veut faire le malin.

Le recouvreur de créances saisit le vieillard au col.

– J'ai pas de temps à perdre, l'ancêtre ! Dites-moi où est le pognon ou je cogne !

Du coin de l'œil, le monstre gérontocide surveillait son élève. Il la crut près de craquer. Réfugiée dans la pénombre de l'escalier, elle suivait la scène en se mordant les lèvres, les mains crispées sur la rampe. Pour en rajouter quelques kilos, il serra le cou de l'aïeul un peu plus fort. Ce dernier, à moitié étouffé, couinait de plus en plus haut. Il finit par montrer du doigt une applique.

– Ah, pas mal. J'aurais mis du temps à le trouver.

La suite de la scène fut si incompréhensible que, toujours postée sur ses marches, Lucie Sarfatoussi éprouva le besoin de s'asseoir.

Comme le vieillard reprenait sa respiration, encore sous le choc de l'agression, Brossard retira un vénérable porte-monnaie en cuir de derrière l'applique. Il en sortit un billet de 200 francs, y remit scrupuleusement la monnaie de 176,50 francs et le replaça dans sa cachette. Pendant toute l'opération, l'impotent se tenait le cœur avec un rictus de souffrance.

– Dépêchez-vous, Brossard, ça me fait trop mal…

– C'est fini, juste une signature.

Georges lui fit signer le papier bleu avant de le ranger dans sa poche.

– Et comment ça va, depuis la semaine dernière ?

– Oh, comme un vieux, répliqua le vieux. Si j'avais pas si mal aux jambes.

C'est bien fait pour vous. La Sécu vous paie le fauteuil roulant à 97 %, et vous voulez pas mettre les 3 % restants.

– Plutôt crever ! Oui c'est, cette jeune fille ?

Le vieillard s'efforça de coincer sur l'arête de son nez une paire de lorgnons fendus, réparés au Scotch.

– Euh… mon assistante, répondit Brossard.

– Jolie. Et gironde. Depuis quand vous avez les moyens de vous payer une assistante, vous ? Avec mon fric ?

– Avec votre fric, j'aurais pas les moyens de me payer une ouvreuse au cinéma. Bon, ben à la semaine prochaine, monsieur Birague.

– Au revoir, Brossard. Revenez avec elle, c'est pas souvent que je vois des jeunesses. Eh ! Vous m'avez apporté le journal aujourd'hui ?

– Ça vous écorcherait de l'acheter de temps en temps ?

– Pour les inepties qu'on y trouve, ils peuvent le garder.

Lucie ne prononça pas un mot jusqu'à la voiture. Une fois derrière le volant, Georges sortit le papier bleu de sa poche et le colla sous les yeux de sa passagère.

– Regardez qui est le créancier de M. Birague Fernand.

Elle lut.

– Le créancier de M. Birague Fernand est M. Birague Fernand. J'y comprends rien.

– Ma chère Lucie, vous venez de rencontrer SuperRadin en personne. Ce vieux est le plus épouvantable rapiat de la capitale. C'est maladif, au dernier degré de la pathologie. Si vous voulez un exemple, il est chroniquement constipé pour ne pas avoir à donner gratuitement quelque chose venant de lui, même à la cuvette des chiottes. Quant à l'argent, n'en parlons pas. Le problème s'est posé lorsque sa vieille bonne est morte. Birague n'a plus dépensé un seul centime. Il a failli mourir de faim et de froid trois fois, et il a compris qu'il devrait ruser avec lui-même pour assurer sa survie. Comme il est incapable de se soutirer un franc, même à l'article de la mort, il m'a embauché pour lui arracher l'argent de ses courses toutes les semaines. Et comme il se connaît bien, il m'a donné liberté d'user de tous les moyens, y compris la violence. Quand je lui ai arraché l'argent, je le donne à son aide-ménagère.

– Et il vous paie pour ça ? demanda Lucie, ahurie.

– Faut pas rêver. Il s'est engagé par écrit à me donner une part de l'usufruit de l'hôtel particulier après sa mort.

– Eh ben…

– Et vous n'avez encore rien vu. Alors, ça vous suffit, maintenant ?

Elle dit, avec une petite moue d'obstination butée :

– Laissez-moi essayer encore. Demain.

– Non. Je n'ai pas de quoi vous héberger. Et je ne veux pas vous engager.

– Je dormirai sur le trottoir en attendant l'ouverture du bureau.

Il mit le clignotant à droite et se rangea sur le côté de la rue. Une fois le moteur coupé, il s'appuya sur le volant et poussa un gros gros soupir.

– Votre emmerdeur de père continuera de me faire chier jusqu'à la fin de mes jours. Je vais vous donner l'adresse d'un foyer de jeunes filles où ils avancent le prix du séjour. Au moins le temps que vous trouviez du travail. C'est tout ce que je peux faire pour vous.

– C'est ce travail que je veux faire.

Il essaya de se mettre en colère, mais n'y parvint pas.

– C'est une lubie grotesque. Est-ce que vous m'imaginez faire du patinage artistique, moi ? Voyez comme la nature est bien faite : j'en ai aucune envie. Et puis… Vous n'êtes pas déplaisante à regarder, mais vous me rappelez un temps que je préfère oublier.

– Pourquoi ?

– Parce que. Le foyer est dans le XVIIIe, je vais vous emmener, tiens. Mon dernier client de la journée est sur la route. Vous m'attendrez dans la voiture.

C'était la première fois que Brossard emmenait un témoin dans sa tournée, et la première fois d'ailleurs qu'il emmenait un passager dans sa voiture (sauf une fois Thérèse lors d'une crise d'hypohydratation). Ce fut sans doute la raison pour laquelle, chemin faisant, il ne put s'empêcher d'exposer à Lucie l'affaire suivante dans son intégralité.

La « Calculette miraculeuse », dorée à l'or fin 24 carats, bénie à l'eau de Lourdes et à l'huile de Fatima, non seulement donnait chaque semaine à l'avance les résultats de *tous* les jeux de hasard avec six décimales de précision, non seulement guérissait le sida, la sclérose en plaques et les hémorroïdes, non seulement protégeait son heureux propriétaire de son aura divine en lui apportant chance, bonheur, jeunesse et clairvoyance dans les mots croisés, non seulement permettait une communication privilégiée avec l'au-delà, les forces spirituelles, le monde divin et les réseaux supranaturels, non seulement brillait dans le noir, mais en plus, prodiguait tous les services qu'on pouvait attendre d'une calculette classique : additions, soustractions et multiplications, ainsi que l'attestaient tous les utilisateurs. Évidemment, une telle réunion de prodiges n'était pas gratuite, mais, comme l'expliquait la publicité avec une indéniable logique, la hauteur disproportionnée de son prix faisait partie du sacrifice mortificateur nécessaire à son bon fonctionnement.

Les débuts avaient été difficiles, jusqu'à ce qu'un passage inopiné dans une émission de télévision très populaire donnât à la Calculette miraculeuse son envol commercial. Tout le problème fut ensuite de récupérer le prix exorbitant que les Établissements Presscons & Fils demandaient pour l'objet, lequel ne rendait riche son propriétaire qu'une fois dûment payé, bien entendu.

En raison du succès, le vendeur avait dû faire appel à des collecteurs de fonds extérieurs, cabinets de contentieux et gros bras divers. C'est ainsi que quelques candidats au miracle étaient entrés dans la clientèle de Brossard. Celui qu'il allait visiter en l'occurrence devait encore 80 % de la calculette, hors taxes et sans les frais, et le fait qu'il se soit autoproclamé cardinal de l'Église apostolique et romaine, après une visite personnelle de la Sainte-Trinité dans sa cuisine (sans que la calculette y soit pour rien), n'arrangeait pas les choses.

– Celui-là, s'il allonge seulement le quart de sa dette, conclut Georges en s'arrêtant devant le domicile du saint homme, c'est que la calculette a vraiment quelque chose de miraculeux.

Lucie était restée sagement dans la voiture tandis que le mercenaire des bons règlements allait accomplir son devoir, lequel, d'emblée, ne s'annonçait pas sous les meilleurs auspices. Brossard avait trouvé Monseigneur dans les pires dispositions : maintenant, le prélat accusait la calculette d'hérésie, de paganisme, de dogme satanique, en outre, depuis sa dernière visite, il avait reconnu chez Brossard les signes éclatants d'une apostasie dangereuse et il avait convoqué en conséquence le tribunal de l'Inquisition compétent qui devait venir d'une minute à l'autre.

Dans son costume cardinalice plus vrai que nature, le débiteur étalait sur la toile cirée de sa cuisine les preuves accablant le visiteur relaps, tandis que ce dernier usait de toute sa ruse et de toute son obstination pour obtenir le paiement de la dette avec les termes adéquats, auxquels il mêlait astucieusement quelques allusions apostoliques quant à la satisfaction du Saint-Père devant l'honnêteté de ses collaborateurs. Mais, quand le cardinal annonça les juges de la Sainte Inquisition, et que deux hommes entrèrent effectivement dans la cuisine, Brossard blêmit. Enfin, quand les deux intrus eurent décliné leur identité, Brossard se dit que les tortures inquisitoriales eussent été pour lui autrement plus souhaitables.

Agissant sur commission rogatoire, les deux inspecteurs du Service de répression des fraudes, cachés dans la pièce voisine, venaient de prendre le visiteur en flagrant délit de complicité avec le directeur de Presscons & Fils, actuellement incarcéré et inculpé d'escroquerie, extorsion de fonds, usurpation de fonctions, exercice illégal de la médecine, bref, une liste de motifs si longue que, lorsque l'inspecteur eut fini de la lire, il eut soif.

Effondré, l'interpellé eut tout le temps de méditer sur les circonstances diverses qui avaient stupidement endormi une méfiance habituelle pour ce genre d'affaires. Il connaissait assez bien la jurisprudence pour savoir qu'il était fait comme un rat : le service de police le plus sévère et le plus opiniâtre le coinçait dans la position la plus compromettante, pour l'affaire la plus pourrie de son cabinet, au moment le plus inopportun. Il était foutu, plus que foutu.

C'est alors que la calculette fit un miracle.

Le miracle prit d'abord la forme de coups de sonnette impératifs, puis d'une apparition divine qui déboula dans l'appartement avec l'énergie d'une tornade, dès que l'un des deux inspecteurs eut ouvert la porte. C'était une jeune fille très pressée. Elle portait sous le bras une sacoche qui lui donnait l'air d'une étudiante en droit juste avant l'examen. « Vous êtes bien les inspecteurs Lacoque et Rougemont ? » demanda-t-elle. Elle se présenta comme inspectrice stagiaire, envoyée d'urgence par le divisionnaire Ponticelli du Service des affaires religieuses pour tenter de rattraper une bavure en plein galop. Le nom de Ponticelli, ou celui du service, sembla impressionner les deux inspecteurs au point qu'ils ne jugèrent pas utile de réclamer la moindre carte, ou même ils n'en eurent pas le temps, trop ahuris qu'ils étaient par le discours de l'apparition. Le diocèse de Paris, disait-elle, était intervenu au Service pour éviter le drame dans une affaire délicate et douloureuse. Elle désigna discrètement le cardinal qui s'était agenouillé au mot « diocèse » et bénissait la visiteuse en l'appelant « mère supérieure ». Les deux inspecteurs hochèrent la tête en essayant de mettre de l'ordre dans leurs idées, mais ils furent pris de court par la pétulante stagiaire qui les entraîna dans la pièce voisine, celle précisément où ils avaient guetté leur proie. Au terme d'un long conciliabule chuchoté, les deux inspecteurs se retirèrent, après s'être agenouillés à leur tour pour baiser la main de Monseigneur, avec une telle crainte respectueuse dans le regard que ledit Monseigneur en fut lui-même surpris. Tout juste l'un d'eux murmura à Brossard, qui était resté pétrifié la bouche ouverte : « Toi, tu perds rien pour attendre » avant de disparaître.

– J'étais sortie pour faire les cent pas. C'est leur voiture qui m'a intriguée. Je reconnais une voiture banalisée à cent mètres. Et imaginez que ces crétins avaient laissé un dossier ouvert sur le siège arrière, avec leur nom, le nom de leur supérieur, du service, etc. En le lisant, j'ai compris qu'ils étaient là pour vous.

Sans un mot, Brossard avait d'abord conduit au hasard en prenant tous les tournants, des fois que les flics le suivraient, puis il s'était retrouvé avec soulagement sur le périphérique où il cessa enfin de suer et de trembler.

– J'ai été rôder près de l'appartement, continuait-elle, et en regardant par la fenêtre, j'ai vu que vous étiez mal barré. Mais c'est surtout quand j'ai avisé la dégaine de l'autre énergumène que j'ai trouvé l'astuce pour vous tirer de là.

Elle rigola.

– En plus de tout le baratin, je leur ai dit que Monseigneur contrarié pouvait devenir dangereux, qu'il avait déjà étranglé deux séminaristes. Les dingos, ils aiment pas ça. J'ai bien fait ?

Pour toute réponse, le conducteur s'engagea sur une bretelle de sortie, se gara, coupa le moteur, alluma un cigarillo en tentant de dominer l'agitation de ses doigts, enfin se tourna vers Lucie. Il avait l'impression de la voir pour la première fois, mais c'était normal : c'était effectivement la première fois qu'il la regardait de face, franchement, et complètement. Au bout d'un instant, elle se tortilla, gênée.

– Pas mal, pour une jeune fille qui n'est jamais sortie de chez elle, dit-il enfin.

Elle sourit, toute fière.

– Pour cette nuit, vous pouvez dormir chez moi.

Lui ne souriait pas vraiment.

7

En pénétrant dans l'immeuble, Brossard faisait le compte des étrangers qui avaient été admis à son domicile pendant les quinze dernières années. En fait, c'était assez facile : le releveur des compteurs de l'EDF tous les six mois, quatre fois le médecin, et deux fois un plombier. Même Mlle Mititei n'avait pas mis un pied dans l'appartement de son patron.

L'agent du contentieux avait dit vrai sur un point : Lucie n'était pas au bout de ses surprises. Comme par une cabale planifiée, tout l'immeuble semblait s'être donné rendez-vous dans l'escalier. Tandis qu'il prenait son courrier dans sa boîte aux lettres, sa compagne regarda d'un œil curieux l'inscription « ENCULÉ » gravée sous son nom, qu'on lisait encore malgré une tentative d'effacement, et qui avait été recouverte par de plus récents « Pourri, chacal, SS ».

L'air indifférent, Georges secouait ses lettres du produit visqueux et peu ragoûtant dont elles étaient couvertes.

– Au téléphone, je suis sur la liste rouge, expliqua-t-il. Mais une boîte aux lettres, que peut-on y faire ?

Il renifla la chose.

– Ce n'est que du tapioca avec de l'eau.

Lucie poussa un cri de terreur : un gémissement à peine humain venait d'emplir le hall. C'était Mme Griffon qui, n'ayant pas vu son voisin pendant au moins cinq jours, comptait bien se rattraper. Elle s'agrippait à la rampe, le visage tordu d'un rictus de douleur, poussant à chaque expiration un vagissement de parturiente. La jeune fille allait s'élancer à son secours, mais son hôte s'engagea dans l'escalier sans le moindre regard pour cette femme en train de mourir d'un infarctus. Échaudée, Lucie restait les bras ballants, indécise, quand la moribonde la découvrit. La rapidité de sa guérison fut à la mesure de l'événement : elle se redressa et dévisagea l'arrivante avec une avidité proche de la concupiscence. Une femme avec Brossard ! Ça, c'était pas ordinaire ! En passant devant elle, pas rassurée, Lucie lut dans le regard de sa voisine tout un article composé en Times corps 10 : ce vieux satyre ramenait des jeunesses chez lui ! Il avait tous les défauts, mais on n'avait pas encore trouvé la pédophilie à son palmarès. Et non seulement il les lui fallait jeunes, mais il tapait le haut de gamme, l'enflure ! Voilà ce qu'il faisait de ses éconocroques sur l'argent de la copropriété ! Cette sauterelle aux longues jambes qui trimbalait ses petits nichons dans l'escalier, c'était une partie de son ascenseur à elle, Mme Griffon, le câble, ou les portes coulissantes, en tout cas une pièce essentielle dont l'absence se traduisait par une recrudescence d'arthrose au genou, si douloureuse ces derniers temps qu'elle avait dû trouver un rebouteux et que c'était bien cher pour le résultat. Au fait, était-elle seulement majeure, cette traînée ?

Quand l'article des prunelles en arriva aux éventuels profits qu'on pourrait tirer d'une dénonciation du maniaque à la police, Lucie interrompit sa lecture. Elle pressa le pas pour rattraper le sillage rassurant de son hôte.

Justement, celui-ci venait d'atteindre le palier et croisait le retraité du sixième, ancien instituteur, leader des pro-ascensoristes, pour qui la trahison de Brossard résumait cruellement l'échec de ses efforts, et plus généralement l'éternelle persécution du progrès et de la lumière par la bassesse, la mesquinerie et la bêtise. Passant l'un à côté de l'autre, les deux hommes s'ignorèrent d'abord à la perfection, puis, le croisement dûment effectué, le vieux lâcha un « Crève, salope », avec le ton machinal d'une formule usuelle, auquel Brossard répondit « Va te faire mettre, connard », avec le même automatisme blasé. Mais, dès que le retraité aperçut la sublime créature, qu'il comprit sans ambiguïté possible que celle-ci accompagnait son ennemi, il s'immobilisa pour la dévisager avec une infinie tristesse. Une fois de plus, la beauté pure s'alliait aux plus noires turpitudes, une fois de plus, dans l'éternelle complicité des extrêmes, on assistait à la coalition du très beau et du très laid.

De plus en plus mal à l'aise, Lucie éprouva le besoin de s'incruster dans le mur quand l'homme la dépassa. Au-dessus d'elle, Brossard croisait un autre de ses voisins. Avec soulagement, elle entendit un « Bonsoir, monsieur Ridgewell », suivi d'un « Bonsoir, monsieur Brossard », lesquels avaient les accents d'une courtoisie normale entre voisins normaux. Cela s'expliquait simplement par le fait que Ridgewell, copropriétaire au second, était le plus acharné des anti-ascensoristes : il ne pouvait tout de même pas manifester d'hostilité au Judas dont la trahison – au demeurant infâme – lui offrait cette éclatante victoire. Du moins, pas en face de lui. Aussi, Ridgewell se figea de confusion quand la jeune fille qu'il n'avait pas vue le surprit au milieu d'un bras d'honneur destiné au dos de son voisin et néanmoins allié.

Une fois arrivée au cinquième, quand Brossard eut ouvert et refermé ses innombrables mais ô combien justifiés verrous, Lucie s'appuya contre le portemanteau en fermant les yeux.

– Mais qu'est-ce que vous leur avez fait ? À eux aussi, vous réclamez de l'argent ?

– Non. Je les empêche d'en dépenser.

Alors elle embrassa d'un regard circulaire le décor qui baignait dans la lumière sinistre d'un plafonnier en verre dépoli. Le papier peint à fleurs des années 50, le lino écaillé qui imitait un carrelage de fermette aux endroits où il n'était pas bouffé par l'usure, les fenêtres aux verres jaunes de crasse qui ouvraient sur la cour grise, les meubles indiscernables, les angles expressionnistes du couloir, le tout imprégné d'une odeur de sueur aigre, de cigarillo froid et de fond de verre de vin éventé. Brossard l'observait du coin de l'œil.

Quand elle éclata de rire, son hôte sursauta.

– Mais c'est génial ! cria-t-elle. On dirait un décor de film ! C'est pas possible que ça existe, un endroit pareil !

Il n'avait pas ouvert la bouche qu'elle s'était déjà élancée dans les coudes du couloir avec l'enthousiasme juvénile d'un archéologue à l'entrée d'un tombeau égyptien.

Brossard entendait des « Oh ! », des « Ah ! » et des « C'est pas vrai ! » qui se faisaient écho d'une pièce à l'autre au fur et à mesure que le météore explorait la tanière.

Il se précipita.

– Attendez ! hurla-t-il. Attendez !

Il trébucha plusieurs fois dans les tournants avant de parvenir jusqu'à la porte de son bureau devant laquelle il fit un barrage de son corps. Juste à temps.

– Mademoiselle Lucie ! S'il vous plaît, je… Pas ici ! N'entrez pas dans cette pièce !

– Et pourquoi ? demanda-t-elle en rigolant de plus belle. Il y a les cadavres nus de vos maîtresses accrochés au plafond ?

– Non, répondit-il en toute hâte et sans sourire, c'est mon bureau, j'ai des trucs à moi, on n'entre pas, c'est privé. D'ailleurs, vous pourriez pas, c'est fermé. À clé.

Elle siffla d'admiration en passant la main sur l'incroyable blindage de la porte, piqueté de rivets gros comme des artichauts.

– Mais d'où ça sort, ça ? Vous l'avez récupéré d'un théâtre ? Ou d'une locomotive ?

– D'un cuirassé. Quand il a été mis à la ferraille.

– C'est pas possible ! Un vrai cuirassé ?

– Oui, le *Jean Bart*. Vous connaissez ?

– Non. Et la cuisine, c'est là ?

C'était une étrange pièce en i, le point du i étant l'évier, posé de l'autre côté du couloir. Lucie était tombée en fascination devant le réfrigérateur qu'elle avait d'abord pris pour une sculpture contemporaine égarée.

– Vous auriez pas quelque chose à boire ?

– Non. De toute façon, le frigo marche pas.

– Vous voulez dire qu'il a marché ? Je vous sers un verre d'eau ?

Brossard constata avec agacement qu'il n'avait même pas enlevé son manteau.

– Mademoiselle, vous avez toujours cette habitude d'inverser les rôles, quand vous allez chez les gens ?

– Allez, vous fâchez pas. C'est rigolo comme tout, chez vous…

Il secoua douloureusement la tête et alla accrocher son manteau sur la patère, jetant au passage un regard contrarié à la porte cuirassée, en même temps qu'il sentait une démangeaison provoquée par la petite clé pendue à son cou. Pour se rassurer, il éprouva le besoin de la tripoter quelques secondes.

– Il me reste une demi-bouteille de whisky tiède parce que j'aime pas le whisky, dit-il en revenant. Alors personne ne le boit : je n'ai jamais de visiteurs.

– Alors comment ça se fait qu'elle est à moitié vide ?

– Je m'en sers pour nettoyer mes lunettes.

Lucie rayonnait. Chaque détail sordide de cet univers de célibataire sclérotique semblait la plonger dans le ravissement. Elle n'arrêtait pas de dire « C'est formidable » à chaque trou du mur, à chaque ampoule nue couverte de chiures de mouches, à chaque traînée de crasse, à chaque débris antédiluvien.

Elle trépigna de joie quand Georges ouvrit une boîte de petit salé aux lentilles tièdes qu'il accompagna de quenelles en boîte tièdes parce qu'il n'avait rien d'autre et que son réchaud était un peu bouché, elle vibra d'enthousiasme quand il lui proposa de dormir sur le canapé du salon en L, et manifesta son impatience d'être au travail le lendemain.

Georges dormit très mal, convaincu qu'il venait de commettre l'erreur de sa vie.

À 7 heures du matin, elle le trouva assis l'air hagard derrière la table de la cuisine, en train de tourner mécaniquement sa cuillère dans un bol ébréché. Si la nuit avait été mauvaise, son réveil fut désastreux. C'est que le silence bidécennal, qui l'accueillait chaque matin quand il ouvrait les yeux, avait été remplacé à 6 heures et demie par une cataracte d'eau explosant dans la salle de bains, acccompagnée d'une voix pure et féminine qui chantait une chanson moderne. Une voix insolemment pure et féminine, une chanson ignominieusement moderne. Un poignard en cristal de roche dans un furoncle.

Le son avait déjà pris Brossard en traître, lui toujours faible et déprimé à son lever, l'image faillit l'achever.

Entre la table de la cuisine et l'évier, sur fond de papier jaune urée décollé, Lucie apparut, fraîche et souriante, les cheveux mouillés, en train de se curer les oreilles avec un bout de serviette grise et vêtue d'un peignoir en éponge gris à fleurs grises.

– Bonjour, monsieur Brossard ! Bien dormi ? Je ne vous ai pas réveillé trop tôt ? Qu'est-ce que c'est calme, chez vous ! Dites donc, une douche à l'eau froide, ça réveille, hein ?

Georges s'était caché sous la table comme si la lumière trop resplendissante de la matinale apparition allait brûler son épiderme saprophyte ; en réalité, c'était pour ramasser sa petite cuillère et les pilules d'Aspartam qui avaient giclé de la boîte sous l'effet du choc.

– Vous avez jamais eu de chauffe-eau ?

– Ce peignoir... Où avez-vous trouvé ce peignoir ? demanda-t-il en se relevant.

– Accroché derrière la porte.

– Ôtez-le tout de suite. Il était à ma femme. Personne n'a le droit d'y toucher.

– Mais je ne peux pas ! Je suis toute nue en dessous !

Brossard se massa les yeux avec le pouce et l'index.

– Alors allez vous rhabiller...

La jeune fille se cura l'autre oreille.

– Elle est partie, votre femme ? Papa a pas su me dire...

Les deux gros doigts cessèrent leur massage oculaire.

– Allez vous rhabiller. Vous voulez un Nescafé ? J'ai pas de sucre. J'ai des sucrettes. Ça marche aussi. Et ça fait pas grossir. Vous avez fini dans la salle de bains ? Je vais aller me raser. Faudrait pas être en retard, pour votre premier jour.

8

Au bruit de la porte qui s'ouvrait, Mlle Mititei leva les yeux et ne les crut pas. La giroflée hygrophane d'hier était toujours là, collée aux basques de son patron ! Ils étaient partis ensemble, ils revenaient ensemble. Cette intrusion constituait la première du genre dans l'histoire du cabinet. La secrétaire rétracta ses pattes antérieures, garnit ses alvéoles à venin, immobilisa son visage et attendit.

Brossard vint vers elle avec un naturel très bien imité. Elle imita donc un naturel réciproque pour l'écouter.

– Bonjour, mademoiselle Mititei. Cette jeune fille s'appelle Lucie Sarfatoussi, c'est la fille d'un ancien ami à moi. Je l'ai embauchée à l'essai comme stagiaire sur contrat à durée déterminée. Vous voudrez bien remplir le formulaire de déclaration. Ah, autre chose : il faudra lui bricoler un bureau. La table pliante pourra faire l'affaire...

Tandis que la rose des sables répondait « Oui, monsieur Brossard, bien, monsieur Brossard », le plan d'urgence n° 804 s'était déclenché dans sa cervelle. Si, comme elle le soupçonnait, cette gazelle détrempée avait eu l'inouï privilège de dormir dans l'appartement de son patron, le 804 devenait *ipso facto* 512 aggravé.

– Vous allez commencer par lui montrer les dossiers en cours, et un échantillonnage de notre clientèle, pour la mettre au courant, continuait celui-ci. Demain, elle m'accompagnera en tournée. Vous verrez, elle est pas mal, cette petite, il n'est pas impossible qu'elle devienne une collaboratrice précieuse. Elle m'a étonné, hier. Oui, étonné.

Lucie tendit la main.

– Bonjour, mademoiselle, dit-elle en souriant. Je ne voudrais surtout pas vous déranger. Monsieur Georges m'a dit beaucoup de bien de vous.

La secrétaire tendit son appendice arachnoïde avec l'aménité d'un obstacle antichar. Dans sa tête, tous les voyants d'alerte clignotaient et toutes les sirènes mugissaient en même temps. Elle l'avait appelé monsieur Georges !

– Bienvenue, mademoiselle Sarfatoussi, répondit-elle avec des stalactites de glace dans la voix.

– J'aimerais tant que nous soyons amies, dit Lucie. Nous irions à la piscine ensemble.

La secrétaire hoqueta d'épouvante et dut se retenir au bureau pour ne pas tomber. Manifestement, la petite pieuvre connaissait son point faible. Prudence et vengeance retardée. Plan n° 288 modifié 712. La voix de son patron la ramena à la vie.

– Pas de coups de fil pour moi ?

– Non.

– Pas de visites ?

– Non.

Pas de chèques au courrier ?

– Non.

– Bon, eh bien, je vous laisse la mettre au courant, je vais étudier mon planning.

La fleur du Sahel resta un long moment à dévisager la nouvelle. Puis elle siffla :

– Restez pas comme ça ! Accrochez votre manteau ! Aidez-moi à déplier la table.

Dix minutes plus tard, elle entraînait la débutante dans une visite circonstanciée du bureau, avec arrêt à chaque tiroir. Elle lâchait ses commentaires avec réticence, les lèvres pincées, comme si on lui arrachait un secret tribal.

– Nos clients nous paient pour récupérer leurs dettes. Mais le plus difficile, c'est parfois de faire payer nos clients. Aussi, la méthode la plus habituelle est de retenir un pourcentage sur les sommes récupérées. Le classeur des dossiers en cours est à votre droite. Par ici, mademoiselle.

– Vous pouvez m'appeler Lucie, vous savez, susurra la jeune femelle humide en papillotant des paupières.

L'employée frissonna de dégoût et fit comme si elle n'avait pas entendu.

– Les secondes relances sont classées en rouge par ordre alphabétique. Ici, vous avez la liste des lettres recommandées de la journée ; normalement, nous en envoyons beaucoup. Mais il n'y a pas besoin d'être deux pour faire ça. Et là, les dernières relances avant procédures. Elles sont rangées avec les mensualités de remboursements inférieures à 50 francs.

– Inférieures à 50 francs ? s'étonna Lucie.

– Beaucoup de petits remboursements en font un gros. Surtout quand ils s'étendent sur de longues périodes, indexés au prorata de l'inflation. M. Brossard permet ainsi aux petits budgets de payer leurs dettes et de se mettre à jour avec leur conscience comme les autres. Touchez pas à ça, vous allez les déclasser. Ici, vous avez les PC et les TPC.

– Ça veut dire quoi ?

– Ça veut dire « Petites Créances » et « Très Petites Créances ». M. Brossard ne néglige aucun contentieux. Selon lui, la plus petite dette est digne d'intérêt, car c'est le passage obligé de la malhonnêteté.

La secrétaire saisit un dossier au fond du tiroir.

– Tenez, voici un cas rare, un contentieux entre mineurs dont M. Brossard a accepté de s'occuper.

– C'est permis ?

– Aucune loi ne l'interdit. Voici la convention amiable signée des deux écoliers : une histoire de vélo cassé contre des aides effectives aux compositions et un nombre précis de confiseries diverses. Si le débiteur ne respecte pas ses engagements, M. Brossard l'attend à la sortie de l'école et le menace d'aller voir les parents.

– Et combien il gagne, là-dessus ?

– Un pourcentage en carambars et un lavage de voiture par mois. Mais c'est surtout pour le principe, bien entendu, une histoire de morale. Comme il dit : « Il n'est jamais trop tôt pour être réglo. »

Mlle Mititei rangea le dossier et ferma le tiroir avec un bruit de couperet. Puis elle poussa la table pliante dans le coin le plus obscur et le moins bien chauffé de la pièce.

– Vous allez vous mettre là. Je vous préviens, je ne supporte pas la transpiration. Ni en odeur, ni en spectacle. Vous voudrez bien en tenir compte.

Elle désigna l'autre extrémité du bureau :

– Vous voyez ce grand classeur vert, dans le coin ? Il s'appelle le classeur X. Il s'agit des créances désespérées, que M. Brossard ne veut pas abandonner, contre tous les conseils et les avis, même le mien. Il est un des rares de la profession à montrer une telle opiniâtreté. Il est connu pour ça, conclut-elle avec fierté. Chez nous, les commerçants lésés par les débiteurs les plus rétifs ne perdent jamais l'espoir. Ici les dossiers ne sont pas classés par ordre alphabétique mais par ordre de désespoir. Les plus bas sont les plus désespérés.

– Et ce tiroir, tout en bas ?

La secrétaire haussa les épaules.

– C'est comme qui dirait le jardin secret de M. Brossard. Son côté romantique. Il contient des affaires utopiques : les créances des dynasties lésées par les révolutions, des Indiens chassés par les civilisateurs, des épargnants floués par des convulsions politiques. Il dit qu'un jour il pourrait s'en occuper.

Le téléphone sonna. Mlle Mititei regarda l'heure et arbora aussitôt un sourire de franche camaraderie, les paupières à demi closes sous la voluptueuse aridité de la méchanceté.

– Il entre dans vos attributions de répondre au téléphone, mademoiselle Lucie. Montrez-moi ce que vous savez faire.

Elle retourna à son bureau en retenant un ricanement sardonique, pendant que Lucie allait s'asseoir au sien pour y décrocher le combiné.

– Allô ?

La vieille rustine ne la quittait pas de l'œil, mais le traumatisme attendu n'eut pas lieu.

– Oh ? C'est vrai ? demanda la jouvencelle d'un ton enjoué. Quelle grosseur, vous dites ?... Oh ! Par-devant ou par-derrière ?... Les deux ? Comment est-ce possible ?... Ah, je vois... Qui ? Moi ?

Ben juste des bas et un porte-jarretelles, quoi… Ah non, rien d'autre… Entièrement, oui… Oh, tous les jours, au moins… Du matin au soir, c'est ça… Avec ce qui me tombe sous la main, porte-plume, sèche-cheveux, tringle à rideaux, pourquoi ?… Comment ? Déjà ?… Ben, vous êtes un rapide, vous… La prochaine fois, venez donc ici, je suis curieuse de voir ça. Attendez, je cherche l'adresse… Allô ? C'est bête, il a raccroché.

Mlle Mititei se tenait derrière son dos, toutes vésicules urticantes dehors, livide, prête à lui arracher le téléphone.

– Pourquoi vous me regardez comme ça ? J'ai mal répondu ?

– Oui. Il fallait dire : « Cabinet Brossard, j'écoute. » Et pas : « Allô ? »

Le lendemain, le soleil était de sortie. La petite voiture du chasseur de dettes (une 4L dernier modèle, celui de l'année où on a arrêté la fabrication) filait vers Bobigny, par l'avenue de la porte de Pantin, se faufilant entre les bucoliques usines de la riante banlieue nord-est.

– Nous allons rendre visite à un débiteur du degré 7 dans ma classification personnelle, expliqua le conducteur. C'est le bataillon des durs, mais ce client-là est le seul notable de mon cheptel.

– Un notable ?

– Il est docteur. Vous verrez, il a de la classe. Je le soigne, je ne voudrais pas le perdre.

– Et c'est quoi, son affaire ?

– Bah, un petit contentieux avec un promoteur immobilier.

Le docteur habitait un pavillon de meulière au bout d'un jardin à fleufleurs.

– J'ai appris que le chien était malade, dit Brossard en sonnant, c'est pour ça que nous venons aujourd'hui.

Le docteur les attendait, la tête à moitié sortie par la porte entrouverte.

– Monsieur, j'avais cru vous prévenir que je ne voulais plus vous voir ici, dit-il.

– Docteur, vous restez néanmoins devoir à mon client la somme de 6 678,50 francs qui...

– Monsieur, ma patience est d'ordinaire développée, mais face à votre engeance, elle est inexistante. Je vous donne dix secondes pour vider les lieux.

– Je vous ai amené un protocole de négociation qui...

– Vous êtes le charognard des charognards. Celui qui mange ce que les vautours ont bien voulu lui laisser. Vous êtes pire qu'un huissier, qui possède au moins la conscience d'un vague devoir, vous êtes pire qu'un usurier, vous êtes le dernier maillon de la chaîne alimentaire dans l'écologie du fric, celui dont l'entropie économique n'a même pas besoin...

– Allons, docteur, vous ne faites qu'aggraver votre cas...

Le médecin sourit.

– Le vôtre va être désespéré : les dix secondes sont passées.

Le docteur ouvrit sa porte en grand et dévoila la seringue menaçante qu'il tenait à la main. Mais dans le même mouvement, il vit en plein cadre la silhouette qui accompagnait l'importun.

– Cette jeune fille est avec vous ?

– C'est ma..., commença Georges.

Non, dit Lucie. Je suis arrivée en même temps que monsieur. Moi, c'est pour une quête.

Le docteur baissa sa seringue.

– Une quête pour qui ?

– Euh… pour les amis des orphelins des espions de l'ancien bloc de l'Est, victimes de psoriasis et de parents alcooliques. C'est vrai, quoi, on ne pense jamais à eux.

Le docteur jeta un regard corrosif sur le misérable Brossard, lequel était resté la bouche ouverte, ébahi. Mais le dimorphisme du couple était tel que nul n'aurait pu concevoir une seule seconde le moindre rapport entre eux.

– Vous acceptez les chèques, mademoiselle ?

Le docteur posa sa seringue sur la margelle du perron et fouilla dans sa poche.

– Regardez, percnoptère, regardez bien, dit-il au recouvreur de créances en écrivant le chèque sous son nez. Tenez, mademoiselle, je vous fais don de la somme de 6 678,50 francs. À quel ordre ?

– Comme c'est gentil, docteur ! Je mettrai l'ordre moi-même. Merci, docteur, et je vous enverrai le reçu. Croyez que les filles mères des pompiers islamistes atteintes de sclérose en plaques vous seront reconnaissantes !

Sous le néon central, le personnel au complet du cabinet Brossard réuni en demi-cercle considérait en silence le chèque posé au milieu du bureau de la secrétaire.

– Six mois, qu'on n'en avait pas vu un comme ça, dit le directeur.

– Il n'est peut-être pas approvisionné, insinua Mlle Mititei.

– Encaissez-le, vous verrez bien, dit Lucie.

– Attendez, laissez-nous le regarder encore un peu… C'est beau, hein ? Et vous auriez vu avec quel brio elle a conclu l'affaire, mademoiselle Mititei, c'était de la virtuosité pure. Une œuvre d'art. Vous vous rendez compte ? Le Dr Mons !

– Oui, eh ben, je file à la banque avant que votre bon docteur ne change d'avis, dit la gerboise surchauffée en faisant disparaître dans son sac le morceau de papier.

Thérèse sortit et Lucie retourna à sa petite table.

– Dites-moi, monsieur Georges, ce n'est que ça, le contentieux ?

– Oh non, ma petite. C'est comme partout, y a des spécialités. Vous avez les grands de la profession, ceux qui s'occupent des contentieux industriels et financiers, qui travaillent avec des avocats, des juristes, vous avez la branche commerçante et PME, moi, c'est plutôt les particuliers.

Il passa sa main potelée sur l'emplacement du chèque et reprit, d'un air rêveur :

– Je comptais d'ailleurs changer de clientèle, mais la conjoncture actuelle rend cette mutation difficile.

Elle ouvrit un dossier, lut quelques lignes et releva la tête.

– Et qu'est-ce qui lui est arrivé, à votre femme ?

9

Il était midi. Mlle Mititei prenait son déjeuner sur ses genoux depuis que la table pliante avait été attribuée à la nouvelle. Mlle Mititei mangeait tous les midis trois biscottes saupoudrées de flocons de purée mousseline, quinze grammes de cacahuètes salées, deux petits-beurre et un raisin sec, le tout arrosé d'un verre de sucre glace. Ça faisait déjà un quart d'heure que le patron discutait avec sa secrétaire de la nouvelle situation du cabinet.

– Vous verrez, vous verrez, ricanait-elle. Vous vous en mordrez les doigts.

– Allons. Depuis deux semaines qu'elle est là, quatre affaires ont été réglées. Songez, mademoiselle Mititei, que pour la première fois depuis un semestre, vous allez pouvoir toucher votre salaire, et c'est grâce à elle, tout de même ! Surtout si l'on songe que non seulement on ne la paie pas, mais qu'elle nous rapporte des subventions. C'est plus qu'une employée précieuse, c'est un trésor.

– Empoisonné.

– Mais enfin, qu'est-ce que vous lui reprochez ?

Brossard dévisagea sa collaboratrice, et détourna aussitôt les yeux. La regarder manger lui donnait envie d'être alcoolique.

– Elle a mauvais genre et elle ne m'inspire pas confiance, avec ses airs de sainte-nitouche. Vous la trouvez pas bizarre, vous ? À son âge, se prendre de passion pour le contentieux, et puis quoi encore ? C'est pas à Thérèse Mititei que vous ferez croire ça !

– Et pourquoi pas ? Moi je ne crois que les faits. Et les faits sont là. Cette petite a la vocation, c'est tout.

Therèse déglutit sa dernière biscotte avec mépris.

– La vocation ! Dites plutôt l'anatomie ! Les hommes n'ont pas besoin d'avoir de dettes pour donner de l'argent à ce genre de créature ! Et d'ailleurs, elle n'a bouclé que les dossiers les plus faciles.

– Elle a tout de même été jusqu'au degré 7.

– De l'échelle Brossard ! La belle affaire. La vérité, c'est que vous la ménagez, elle a droit à des égards, elle n'a pas à se salir les mains dans le cambouis.

Brossard baissa la tête.

– C'est justement faux. Ce matin, je lui ai confié un dossier du classeur X.

– Du classeur X ? Lequel ?

– Costenzo.

L'employée, qui engloutissait sa douzième cacahuète salée, interrompit son geste.

– Et vous l'avez laissée y aller seule ?

– Comme ça, vous jugerez de son efficacité.

Mlle Mititei reprit sa mastication. Comme elle usait d'un minimum de salive, l'opération évoquait le bruit d'un concasseur à gravier.

– Monsieur Georges, je vous connais depuis suffisamment longtemps pour savoir qu'elle vous a ensorcelé, la langoustine, conclut-elle.

Brossard arrêta de marcher.

– À mon âge, vous ne parlez pas sérieusement ?

La secrétaire prit ses yeux de fennec pour lorgner son patron.

– Expliquez-moi pourquoi elle habite toujours chez vous, alors que, les premiers jours, vous étiez prêt à tout pour l'envoyer à l'hôtel ?

– Eh bien, d'abord, c'est plus économique pour tout le monde, et ensuite, Lucie fait preuve chez moi d'une discrétion à laquelle, je dois le dire, je ne m'attendais pas. Elle n'use rien, ne casse rien, ne touche à rien. Une souris.

– Je croyais que vous ne supportiez aucun visiteur, dans votre sacro-saint sépulcre ?

– Elle ne me dérange pas. Elle montre le plus grand respect pour ma vie intime et tient le minimum de place.

L'autre était passée au dessert. Elle grignotait mécaniquement ses petits-beurre en commençant par les tétons des angles.

– Ça n'est pas le cas au bureau. Elle a une façon de mettre son nez partout qui ne me plaît pas.

– Vraiment ?

– Je suis sûre que chez vous, elle fouille partout en votre absence. Elle cherche quelque chose.

Georges se campa devant la fenêtre et examina la cour, l'air absent, en tâtant la clé de sa porte blindée, suspendue autour de son cou. Tout à coup, le sang reflua brutalement de son visage, sa bouche s'ouvrit, son menton tremblota et ses yeux s'agrandirent, tout ça à cause de ce qu'il venait d'apercevoir dans la cour.

– Oh ! Nom de Dieu de nom de Dieu de nom de Dieu ! bredouilla-t-il. Ô misère !

– Qu'est-ce qui vous prend ? glapit Mlle Mititei qui s'étrangla de stupeur avec le raisin sec qu'elle était en train d'avaler.

Son patron se jeta sous la fenêtre et, accroupi, montra la cour du pouce sans pouvoir articuler un mot.

– L… L… Là… Il… Il est là… L… Lui !

– Mais qui ça ?

– Costenzo ! finit-il par cracher. Il nous cherche !

Thérèse se redressa. C'était catastrophique. Depuis des mois, ils avaient eu si peu de visiteurs que leur vigilance s'était relâchée. Brossard avait vu l'arrivant trop tard pour fuir par la porte de derrière, et la porte blindée du cabinet n'était même pas verrouillée. Le temps de chercher les clés, le monstre serait là.

Incrédule, elle risqua un œil dans la cour et se ratatina très vite à côté de son patron.

– Voilà le travail ! siffla-t-elle avec amertume. Vous pouvez féliciter votre élève !

– Il va m'étriper ! M'égorger ! Me réduire en bouillie !

– Il est si dangereux que ça ?

– Si vous saviez ce qu'il a fait au cabinet Andreux & Fils ! Et à l'étude Lemonnier ! Les flics ! Faut appeler les flics !

– Le temps qu'ils arrivent, on sera massacrés, prédit-elle. Surtout quand ils sauront que c'est pour ici.

– Le pulvérisateur !

– Il est vide, on l'a pas fait remplir.

– Le pistolet à grenaille !

– Je l'ai vendu pour payer l'électricité.

– Le débordoir à requins ?

– Y a plus de piles.

– On est foutus ! Par ma mère, on est foutus !

Les pas se rapprochaient lentement, l'homme cherchait la bonne porte. Dans un dernier sursaut d'énergie, Brossard se campa sur ses quatre pattes. Et chuchota :

– Bon, ne cédons pas à la panique ! Il ne vous fera pas de mal à vous, il ne frappe pas les femmes. Dites-lui que je suis en mission au Pérou ! Non ! Je suis en taule ! À la centrale de Poitiers ! Ça, il le croira ! Voilà ! Vous vous rappellerez ? Dites-lui que vous ne savez rien de son affaire et que vous n'avez même pas de dossier à son nom ! C'est d'accord ?

Ses grosses fesses disparurent avec une agilité lémurienne par la porte de son bureau. Mlle Mititei l'imagina avec dégoût en train de se tasser dans le placard inférieur de la grande armoire émaillée grise. À cet instant, la sonnette retentit, et la secrétaire se redressa avec l'assurance de celle qui ne connaît pas la sudation et qui, côté abnégation martyrologique, en a vu d'autres dans ses vies antérieures.

– Entrez ! tonna-t-elle. C'est ouvert !

La chose correspondait assez fidèlement aux descriptions du patron. C'était bien un envoyé de la planète Cauchemar qui pénétra dans le bureau, précédé de ses éructations et suivi de ses flatulences. En détaillant les bourrelets pendouillant de graisse grasse, la face bovine percée d'yeux chafouins, les biceps qui faisaient éclater leur couche de crasse tellement ils étaient énormes, Thérèse se dit qu'un tel mastodonte pouvait la réduire en poudre d'une seule main, mais le plus grand danger lui apparut quand la brute se planta devant elle : il postillonnait. À bien y regarder, la seule imperfection au tableau était le sourire inattendu.

– Le cabinet Brossard, c'est ici ?

– Brossard. Oui, c'est ici.

– J'ai vu écrit « Fils de pute » sur la porte, je me suis dit que je pouvais pas me tromper.

Content de ses mutines facéties, il se répandit d'un rire graillonneux.

– C'est pour quoi ?

– Il est là, Gratte-couilles ?

– M. le directeur est en rendez-vous à l'extérieur. C'est pour quoi ?

– Y a une greluche bien plâtrée qu'est venue me voir ce matin. De votre boîte. Voyez qui je veux dire ? Un baigneur pareil, ça s'oublie pas. Elle est là ?

– Non, je suis seule.

Costenzo daigna faire tomber son regard sur l'ombre qui lui faisait face.

– Dommage, t'es pas mon genre. Ou alors, le jour où j'aurai besoin d'une lime à ongles.

Il se gondola derechef, étonné lui-même de son humeur primesautière.

– Et quand est-ce qu'elle rentre, la craquette ?

– Elle ne revient pas de la journée. Qu'est-ce que vous lui voulez ?

– Bon, tant pis, dit la montagne de protéines.

Alors qu'il ébauchait un geste en déplaçant le volume d'air correspondant, Mlle Mititei se demanda froidement ce qu'il allait pulvériser d'abord : elle, ou le bureau en acier, ou le carrelage, ou le facturier. Mais le mécanicien-brocanteurcasseur se contenta de sortir des abîmes de son pantalon une enveloppe noirâtre qui avait contenu des joints de culasse. Elle était gonflée comme une outre.

– Vous lui donnerez ça de ma part, à Henriette. Y a deux briques et des poussières. S'il veut le reste, l'autre pédé, il viendra le chercher.

Costenzo aurait posé sur le bureau un bâton de dynamite allumé, la secrétaire n'aurait pas été plus interdite.

– Eh ! Tu te remues les miches, musaraigne ? C'est pour aujourd'hui ou pour demain ?

– Pardon !

– Le reçu !! beugla le Bérurier au cube. Faut quand même pas me prendre pour un con !

– Excusez-moi, monsieur Costenzo ! Je vous le fais tout de suite, monsieur Costenzo !

Il enfouit le papier dans son pantalon et se dandina vers la porte.

– À pluss ! Mes amitiés au fibrome.

Quand Costenzo quittait une pièce, l'odeur qu'il laissait derrière lui, c'était encore du Costenzo. Mlle Mititei resta plusieurs minutes pétrifiée, les yeux collés sur la porte béante par où venait de disparaître le fléau, jusqu'à ce que les volutes corporelles s'évanouissent, puis elle se jeta sur un Kleenex pour essuyer les postillons qui lui brûlaient l'épiderme. Enfin, elle resta encore plus longtemps à considérer, immobile, l'enveloppe gonflée de billets. Un fracas provenant du bureau voisin, suivi de cris de douleur, l'arracha à sa méditation. Le patron avait dû renverser l'armoire métallique en essayant de s'extraire du placard trop petit. Il apparut en se frottant l'épaule, le visage ruisselant de sueur.

– Il est parti ?

Il courut fermer la porte et tomba en arrêt devant l'enveloppe brune.

– Oh, nom de Dieu, c'est pas possible ! C'est pas possible !

Il saisit les billets en tremblant et les compta de plus en plus hystériquement au fur et à mesure que le chiffre augmentait.

– Elle a réussi ! Vous vous rendez compte, mademoiselle ? Elle a fait cracher Costenzo !

Il saisit sa secrétaire aux épaules sans tenir compte de son mouvement de répulsion.

– Elle a réussi, vous entendez ? Elle l'a eu !

Il lâcha son employée pour palper les liasses de billets tachés de gasoil.

– Elle a réussi là où dix-sept cabinets de contentieux avaient échoué ! Là où la justice baissait les bras ! Elle est prodigieuse !

Il s'interrompit brusquement pour regarder sa secrétaire qui avait pris une immobilité granitique.

– Vous avez été courageuse, mademoiselle. Mais il n'y avait pas de danger pour vous, je vous l'avais dit.

10

Depuis son réveil, Brossard s'était senti nerveux. Quelque chose n'allait pas, et il ne savait pas quoi. Comme presque tous les matins, maintenant que son apprentie remplissait seule ses missions, il partait le premier au bureau, laissant l'appartement à Lucie, laquelle attaquait ses visites avec l'horaire qui lui convenait. Il avait désormais tout le temps pour s'occuper des bons clients, comme celui qui se trouvait présentement face à lui. Depuis dix minutes, il tentait de s'intéresser à son dossier, en vain. Après avoir passé un temps respectable à nettoyer ses lunettes, l'air perdu dans une réflexion introspective, il s'aperçut que son visiteur avait fini de parler depuis longtemps et commençait à faire une drôle de grimace, assis sur le bord du fauteuil comme s'il avait peur de se compromettre avec un mobilier aussi miteux.

Directeur commercial de la Sococred-Usucrab, il avait recours au cabinet Brossard depuis quatre ans ; tous les mois, il amenait sa liste de mauvais payeurs dont il énumérait les créances, lèvres pincées et sourcils réprobateurs.

Georges prit la liste et colla ses lunettes sur son front.

– Mais pourquoi vous obstinez-vous à accorder des crédits à des gens qui manifestement ne pourront jamais les rembourser ?

L'homme haussa les sourcils.

– Grâce à nous, monsieur Brossard, les petits budgets peuvent accéder à la consommation comme tous les citoyens.

– Quand j'étais jeune, soupira Georges, le paiement comptant était une preuve de travail, de propreté morale et un motif de fierté.

– Et une malfaisance ! Allons, monsieur Brossard, d'où tirez-vous ces états d'âme ? Venant de vous, vous m'en verriez déçu. Le crédit est un don des dieux, il n'offre que des joies et des avantages ! Avec lui, les acheteurs paient plus cher pour le même achat, sont incités à travailler plus, font vivre tout un personnel dans les banques et les comptabilités, et restent fidélisés tant que durent les traites. Le crédit, c'est la substantifique moelle de notre économie. Que dis-je ? De notre société ! Le client qui paie comptant de nos jours est un inconscient égoïste, un dinosaure dépassé, voire un asocial ! Le véritable civisme et la vraie moralité sont chez les souscripteurs de crédits.

– Sauf quand ils paient pas.

– C'est le risque. Mais notre pire ennemi, votre pire ennemi, monsieur Brossard, n'est pas le pauvre malhonnête, car qui dit malhonnêteté dit valeurs dissimulées, donc récupérables, d'autant plus qu'un pauvre ne peut être que maladroitement malhonnête, sinon il ne serait pas pauvre, n'est-ce pas, et ceux-là nous finissons toujours par les coincer. Non, le vrai danger, c'est le souscripteur insolvable. Une sale vermine, celui-là, mais avec le flair, on les repère, n'est-ce pas ?

– Vous devez être enrhumé, dit Georges en tapotant sur la liste.

Le hareng saur répondit d'un air triste :

– Ça, c'est à cause de l'augmentation de nos taux d'intérêt. Au-delà de 30 %, certains ont du mal à suivre. Mais vous voyez comme la société est bien faite, puisque avant d'avoir recours à de fastidieuses poursuites, nous disposons de spécialistes comme vous pour remédier aux incidents de parcours.

Brossard était reparti ailleurs. Pourquoi se sentait-il si mal ? Avait-il oublié quelque chose ? Était-ce un dérèglement hormonal ?

– Vous me semblez bizarre, aujourd'hui, dit le directeur commercial. Vous avez des problèmes ? Une mauvaise passe ?

L'interphone sonna, c'est-à-dire que Mlle Mititei cria assez fort pour que sa voix traverse la cloison :

– Un M. Zwröytswitzch désirerait rencontrer M. Brossard ! Est-il dans son bureau ?

Georges réfléchit. Il n'avait pas pu oublier un nom aussi épouvantable... Ah oui, la dernière recrue du classeur X. Il valait mieux ne pas biaiser avec un vicelard pareil.

– Faites attendre, je suis à lui dans quelques instants, mademoiselle.

Il prit congé de son client et le raccompagna à la porte, ne pouvant empêcher, vu l'exiguïté des locaux, le croisement de l'usurier spécialisé et du débiteur professionnel. Sans se connaître, tous deux se cataloguèrent et se soupesèrent du regard, se promettant mentalement de s'affronter en un futur duel économique.

Une fois la porte refermée, le directeur se tourna vers l'inquiétant gringalet qui arborait toujours son sourire reptilien.

– Que puis-je pour vous ?

L'homme se leva et fit une petite courbette.

– Bonjour, monsieur Brossard. Je ne vais pas vous déranger longtemps, je suis venu purger les dettes dont je suis redevable à votre cabinet. Mais je ne me rappelle plus les affaires dont vous vous occupiez en ce qui me concerne.

– Un instant, dit Georges après un petit silence. Mademoiselle Mititei, voulez-vous sortir le dossier de monsieur…

Elle l'avait déjà fait, elle le lui tendit. Brossard le feuilleta rapidement tout en invitant le débiteur en sursis à entrer dans son bureau.

– Chez moi, votre dossier concerne une histoire d'encyclopédie, ainsi qu'un crédit de voiture, et une note d'hôtel, dit-il.

– Ah oui ! se rappela Zwröytswitzch avec un sourire. Le *Sheraton* de Madrid. Pas de chance, ils m'ont retrouvé, ceux-là…

– Le total se monte à 87 234 francs avec les frais de dossier et les…

– Tenez, le coupa l'homme. Les voici. C'est bien la somme dont m'avait parlé votre assistante.

Il posa sur le bureau neuf liasses de billets de 500 francs neufs, en les alignant soigneusement.

– Une perle, votre employée, continua-t-il. D'une compétence et d'un tact inouïs. Elle a fait bonne impression à toute ma famille. C'est simple : avec elle, c'est un plaisir de payer ses dettes.

– Merci, dit Georges qui entreprit de compter les billets.

Quand il eut fini, l'homme se leva, salua, sortit du bureau, laissant son interlocuteur face à face avec les liasses. Depuis quelque temps, Brossard s'étonnait moins de ce genre de prodiges, car ceux-ci avaient tendance à se répéter, tant la nouvelle apprentie montrait d'efficacité, mais tout de même, dans ce cas précis, elle méritait le Nobel. Tout l'épais dossier encore ouvert sur le bureau témoignait de l'infinie perversité du personnage, dont le nom était souligné et encadré en rouge fluo chez tous les contentieux et huissiers de la capitale.

– Peut-être qu'elle les drogue, dit Georges à Mlle Mititei qui était entrée dans le bureau et considérait les liasses.

– Non, répondit-elle gravement. Cette petite a un don.

– Un don ?

– Oui. Personne ne peut comprendre ces choses. Après tout, il y a bien des phénomènes qui nous échappent. Je l'ai bien observée, elle a un pouvoir surnaturel, j'en suis sûre. Certains parviennent à nuire aux gens à distance, ou à lire leurs pensées, ou à les transporter dans l'espace, ou à les asservir sexuellement. Elle, elle les fait payer. Et personne ne peut lui résister. C'est un don.

– Je crois pas à ces choses-là, mais franchement, des fois, je me demande…

Le téléphone sonna et Thérèse décrocha le combiné de son patron. Elle avait à peine dit « Allô », qu'elle rougit jusqu'à la racine des cheveux.

– C'est encore lui ! fit-elle. L'ignoble dévergondé !

– Passez-le-moi, proposa Georges.

– Non ! dit la secrétaire avec une résolution toute militaire. Je m'en occupe moi-même, maintenant. Ça ne va pas durer longtemps.

Elle connecta la communication sur le poste de son propre bureau. Et ferma la porte en sortant.

C'est à ce moment que la vague d'angoisse inexplicable retomba sur Brossard. Au lieu de se réjouir d'un triomphe qu'allait lui envier toute la profession, le malaise qui le poursuivait le matin s'empara de lui à nouveau, plus violent et plus lourd qu'auparavant. Une douleur presque physique dont il n'arrivait pas à localiser la source. Pourquoi maintenant ? C'est un geste machinal qui lui donna l'explication dans toute son horreur. Un réflexe qu'il aurait dû avoir depuis une dizaine d'heures mais qui ne l'avait pas sollicité jusqu'à cet instant : il porta la main à son cou.

Et sa main ne trouva que du vide. La clé n'était pas sur la chaînette, et la chaînette n'était pas autour du cou.

11

D'abord, l'ex-instituteur du sixième entendit le bruit d'un pachyderme qui escaladait l'escalier au galop. Il se préparait à tancer vertement le sportif d'un « Dites donc, c'est pas un stade, ici ! » lorsqu'il vit débouler Brossard au tournant des marches, lequel l'effraya, tant il avait l'air bouleversé par une urgence extrême. De mémoire de copropriétaire, nul ici ne l'avait jamais vu dans cet état. Ravi de l'aubaine, l'instituteur changea vite l'obus de son canon et le remplaça par un « Ça serait tellement plus rapide avec un ascenseur ! » l'ogive réglée sur « Narquois ». Mais quelque chose le retint : peut-être l'expression hagarde, les yeux fous, le visage ruisselant du voisin qui, dans son ascension démente, ne l'aurait de toute façon ni vu ni entendu.

Quand il eut franchi son seuil, dépassé les trois tournants du couloir, Georges s'immobilisa, paralysé. La vue de la porte béante de son bureau lui fit l'effet de son caryotype chromosomique publié en double page par *Nature*.

Hors d'haleine, l'esprit en compote, le cœur parti dans un solo de marimbas, il s'appuya contre le mur et regarda l'ouverture comme s'il voulait graver dans sa mémoire l'image de la porte profanée, ouverte par quelqu'un d'autre que lui. Quelqu'un présentement en train de le sucer de l'intérieur comme les larves d'araignée pondues dans l'abdomen d'une sauterelle captive.

Le *Jean Bart* n'avait pas été plus utile face à la fraîche jouvencelle qu'il ne l'avait été, durant toute la Deuxième Guerre mondiale, face à la Kriegsmarine et à la Royal Navy. La démarche incertaine, Georges pénétra dans son bureau-sanctuaire : la cambrioleuse leva à peine les yeux à son entrée.

Elle était assise à la place où le maître de maison lui-même s'asseyait tous les soirs, et là encore, sur le fauteuil de tissu au piétement cassé, au milieu de l'invraisemblable amoncellement de papiers jaunâtres qui faisaient ressembler la pièce à un décor de théâtre expérimental, la petite garce évoquait une goutte de rosée matinale sur un tas de feuilles mortes. Sans un mot, le propriétaire des lieux saisit l'unique chaise de la pièce et s'y effondra.

Sans se troubler le moins du monde, Lucie prit le temps de terminer la lecture d'une page manuscrite raturée, avant d'observer :

– Je me doutais bien qu'il y avait quelque chose…

Et elle se plongea dans la page suivante. Elle ne leva les yeux vers l'arrivant que lorsqu'elle eut fini la liasse.

– Faites pas cette tête-là. J'ai pas découvert les cadavres de vos maîtresses, le monde va pas s'arrêter de tourner. Y a pas de quoi en chier une pendule, de vos mystères…

Elle se leva et longea une sorte d'établi, une table longue, étroite, et au plateau épais, sur lequel étaient rangées des piles de vieux cahiers d'écolier aux coins écornés, du modèle cent pages brouillon des années 60.

Elle se saisit du premier, le posa sous la lampe et contempla la couverture rouge délavé, dont les mentions soigneusement calligraphiées remplissaient les emplacements prévus :

CAHIER DE...
Recherches en psychologie humaine
APPARTENANT À : ... *Georges François Samuel Brossard.*

Sur la première page, souligné en rouge à trois carreaux de la marge, il y avait écrit :

LE SECRET DE L'ARGENT
traqué, étudié, dévoilé et analysé par :

◊ ◊ ◊ **Georges François Samuel Brossard** ◊ ◊ ◊

PLAN

Introduction : la cupidité, ses causes et ses conséquences.

1) L'argent n'a pas d'odeur, mais on en a toujours besoin. (Illustrations, développement.)

2) L'argent ne fait pas le bonheur de ceux qui n'en ont pas. (Commentaires, explications.)

3) L'argent semé sur le sol ne repousse pas. (Pourquoi ? A-t-on expérimenté ? Analyse, exégèse.)

Première partie : L'argent chez les pauvres.

1) Sociologie de l'envie et de l'avidité. (Exemples.)

2) Influence de l'argent proche dans les comportements. (Liste cas.)
3) Quand le mouton devient loup. (Cas vécus.)

Elle releva les yeux et considéra son mentor avec effronterie.

– Qu'est-ce que c'est ?

– Vous m'avez volé la clé.

– Oui. J'aime pas les cachotteries. Alors, qu'est-ce que c'est ?

– C'est écrit dessus.

– C'est vous qui avez écrit ça ?

– Oui.

– Et c'est pour ça que vous faites tant de chichis ?

Georges eut un geste pathétique en direction de la rangée de cahiers, puis vers les deux murs couverts d'étagères couvertes de dossiers couverts de poussière.

– Ça fait seize ans que j'ai commencé ce travail et je m'y consacre tous les soirs depuis seize ans. Et personne jamais n'est entré dans ce bureau.

– Mais pourquoi ?

Brossard plongea son regard dans les grands yeux noirs de la jeune fille qui luisaient dans la pénombre, sans la moindre nuance de pudeur ni de scrupule. Y ayant apparemment trouvé ce qu'il cherchait, il commença à raconter, le regard collé aux franges du tapis.

– Il y a bien longtemps, j'avais une femme, je m'apprêtais même à avoir une famille. À l'époque, nous étions toute une bande de copains et même que les idées bancales de votre père nous attiraient des ennuis à n'en plus finir. Mais nous étions de jeunes chômeurs pleins d'avenir, et la vie était belle. Eh bien, si je vous dis que, quand j'y pense, c'est comme si je laissais ma main sous le pied de cette table et que vous montiez dessus ?

Elle jugea l'établi, il devait bien peser une demi-tonne. Elle, c'était négligeable.

– Avez-vous déjà été dans une réunion de copropriété ? demanda-t-il.

Elle secoua la tête pour dire non.

– La copropriété est un système infiniment vicieux et pervers, inventé par l'âge industriel pour faire payer aux pauvres leurs prétentions à partager le gâteau.

Elle secoua la tête dans l'autre axe pour dire oui oui.

– Mireille, c'était le nom de ma future femme, avait hérité d'un appartement en copropriété, quelque part en banlieue. Puisqu'elle l'avait, pourquoi aurions-nous habité ailleurs ? L'ennui, c'est qu'elle se croyait obligée d'aller aux assemblées générales de copropriétaires.

Doucement, avec des gestes précautionneux, Lucie s'assit sur le bord de la grande table, mais dans le coin opposé à la fenêtre, et que la lampe n'éclairait pas.

– Au cours de ces réunions, on voit souvent se dérouler un phénomène étrange : des braves gens, voisins agréables, travailleurs honnêtes, bons pères et mères de famille, se transforment en bêtes sauvages et hargneuses, d'autant plus ivres de sang que leurs seules armes sont les pages du Code civil. C'est que là, ils se retrouvent au pied du mur de la possession, cinq mille ans de luttes humaines pour l'argent reviennent les chatouiller, ils entendent les échos lointains du temps où on réglait ces problèmes à coups de hache. Ça leur pèse sur les nerfs, faut comprendre. Ils peuvent se bagarrer des heures pour le paiement d'un timbre, ou des histoires de quarts de tiers de millièmes sur les charges des parties communes. J'ai vu ça une fois. L'enfer.

Il fouilla ses poches à la recherche d'un cigarillo et n'en trouva pas. Il reprit son histoire, les yeux toujours rivés au même coin du tapis en loques :

– Parfois, le système est fragile. Un règlement mal rédigé, un article légèrement ambigu, un type trop nerveux, c'est l'étincelle. Une nuit d'orage, il y a seize ans, après trois heures de négociations pour une dette de 242 francs qu'un copropriétaire était censé devoir au syndic, le débiteur s'est calmement levé et il a dit : « De toute façon, je ne veux plus partager avec vous. À partir d'aujourd'hui, cette maison est toute à moi. Et je vais tous vous mettre d'accord. » Il a sorti un revolver et il a tiré dans le tas. Dans le tas, il y avait Mireille. À chaque coup, il criait : « Et 76 millièmes pour moi ! Et 56 millièmes de plus ! » Quand les flics l'ont abattu, c'était le dernier copropriétaire vivant.

Il étouffa un sanglot, ça fit : « Schneurfl. »

– Mon père ne m'a jamais raconté ça, dit Lucie.

– Il ne l'a jamais su. Mireille ne l'aimait pas, votre père. Elle disait qu'il avait une mauvaise influence sur moi. Dès que j'ai vécu avec elle, j'ai cessé de voir Toussaint. Bref, après ça, je suis devenu à moitié fou, j'ai voulu me tuer. Et c'est une idée qui m'a tenu en vie. Une idée qui est devenue une obsession, une véritable marotte, mais qui a donné un but à mon existence.

Du coin d'ombre où se tenait Lucie, il entendit le bruit d'un souffle dans un mouchoir.

– En lisant çà et là, j'avais découvert que jamais personne n'avait vraiment répondu à la question :

« Comment l'argent peut-il réduire l'homme à l'état de bête malfaisante, plus que l'amour, la faim ou la peur ? » J'ai décidé que la réponse complète et détaillée serait ma mission sur terre.

Sous le halo de la lampe, ses yeux brillèrent d'un feu sacré, sa voix prit l'accent vibrant des prophètes :

– Cette réponse, je devais la chercher dans les bas-fonds de l'âme humaine, dans les marécages de la rapacité. Et la voie la plus sûre pour y pénétrer, c'est le recouvrement de créances. C'est ainsi que je devins agent de contentieux. J'ai commencé mes recherches par les adorateurs de l'argent les plus chroniques : les pauvres. Le jour, je démarchais, le soir je notais tout ce que j'avais vu dans les moindres détails, je classais soigneusement les situations, les réactions, j'archivais tous les cas par ordre alphabétique, comme j'avais lu que le font les entolomo… entologistomo…

– Entomologistes.

– Voilà. Une fois que j'aurais eu tous les cas, des pauvres aux riches, classés autour de moi comme une collection de papillons, je m'étais dit que la vérité m'apparaîtrait dès que je commencerais à écrire mon traité. Et ce travail resterait un secret absolu jusqu'à ce que je puisse communiquer au monde mes conclusions. Mais j'étais pas arrivé à la moitié du chemin que ça a commencé à patiner.

– Que s'est-il passé ?

– J'ai rencontré un obstacle si bête que je n'y avais pas pensé. Après avoir répertorié tous les méfaits possibles de l'argent dans les classes pauvres et moyennes, je devais passer aux classes riches et très riches. Mais on ne se bombarde pas du jour au lendemain agent de contentieux d'une clientèle aisée. On est vite étiqueté, dans le métier. Impossible même de me faire embaucher chez les confrères des beaux quartiers. J'ai essayé de travailler sur les seules données acquises, mais j'ai tourné en rond: avant même de penser à la méthode, il me manquait la moitié du matériel. Et puis le temps a passé, la fatigue, la lassitude. J'ai travaillé de moins en moins, ça fait deux ans que je suis sur la même page.

L'après-midi avançant, le jour disparaissait de la cour et il ne restait plus que la lampe pour éclairer la pièce. Brossard demeura longtemps silencieux.

– Ah ! Je le savais bien, que vous n'étiez pas aussi chtarbé que ça ! s'exclama Lucie avec enthousiasme.

Il arracha enfin ses yeux du tapis pour les poser sur sa pensionnaire, plissant les paupières.

– Vous, maintenant, souffla-t-il d'une voix cassée, vous allez m'expliquer pourquoi vous avez tant tenu à semer la pagaille dans les manies d'un vieux malade qui ne fait de mal qu'à plein de gens ?

Elle sauta de la table et alluma le plafonnier du bureau.

– Si bizarre que ça puisse paraître, papa m'a toujours parlé de vous en termes admiratifs. Il semblait regretter si fort le temps de sa jeunesse que ça a fini par m'intriguer. Depuis l'âge de huit ans, j'avais envie de vous voir. C'est moi qui ai suggéré à papa l'idée de venir chez vous. Dès que je vous ai vu, j'ai compris qu'il y avait un truc. Moi, on ne me trompe pas facilement: vous étiez trop affreux pour être honnête. J'ai voulu savoir.

Elle s'arrêta devant la photo accrochée au mur.

– C'est elle ?

– Oui.

– Hon hon, pas mal…

Elle promena son index sur les centaines de dossiers alignés sur les étagères, laissant une trace dans la poussière accrochée aux tranches. Parfois, elle s'arrêtait pour lire une étiquette, au hasard. Brossard la regardait bouger, comme essoré, un curieux frisson lui parcourant l'échine.

– C'est formidable ce que vous avez fait ! s'écria-t-elle soudainement. Vous ne pouvez pas arrêter là ! Vous n'avez pas le droit d'abandonner !

– Vous êtes gentille.

– C'est une description unique de l'humanité, que vous avez accumulée ! dit-elle en désignant les étagères. Une enquête comme ça, aucun journaliste n'y avait seulement pensé. Ça ferait un bouquin terrible. Il faut continuer.

Il haussa les épaules.

– Je n'ai jamais su comment surmonter l'obstacle, à moins d'être riche moi-même, et c'est justement le chemin inverse que je prends…

Il hurla de peur. Elle avait sauté sur la longue table, victime d'une crise aiguë d'une forme d'épilepsie toute nouvelle, elle sautillait entre les cahiers, les yeux brûlants, les cheveux en folie. Arrivée au bout de l'établi le plus proche de Brossard, elle s'immobilisa dans une position de chanteuse rock, le doigt brandi vers le petit gros paniqué, tremblant, et se mit à hurler :

– MOI ! JE VAIS VOUS AIDEEEER !

Elle sauta sur le plancher dans un pas de danse qui vint s'achever de la manière la plus imprévue sur les genoux du quadragénaire, lequel poussa un vagissement de terreur et écarta les bras pour ne pas la toucher.

– Nous allons reprendre ce travail, mais ensemble ! Écoutez-moi bien : depuis mon enfance, j'ai côtoyé toutes les fortunes du pays. J'ai usé mes culottes dans les appartements les plus chics, de Saint-Germain à l'avenue Foch ! Tous les vieux requins de la finance m'ont fait sauter sur leurs genoux et en ont profité pour me peloter ! Nous allons reprendre votre exploration là où vous l'avez laissée, mais avec méthode, organisation et matériel. Dans six mois, il est fini, votre traité. Je n'ai qu'à prendre mon carnet de téléphone. D'accord ?

– Vous me direz comment vous avez fait, avec Costenzo ?

12

Avant de faire ses premiers pas dans le monde des riches, le recouvreur de créances nouvelle manière avait dû suivre une préparation intensive qui n'était pas sans rappeler l'entraînement des commandos. Lucie s'était attelée à la tâche avec un enthousiasme et une énergie inébranlables, doublés d'un savoir-faire et d'une sûreté de jugement péremptoire, qu'elle tirait de ses réminiscences.

D'abord il avait fallu le raser. Et dans ce but, acheter un rasoir. Si Brossard était toujours mal rasé, c'est qu'il utilisait un rasoir gyroscopique, sans piles ni secteur. Astucieuse mais éphémère invention des années 70, cet appareil au principe fascinant exploitait l'énergie cinétique d'un gyroscope interne, dont on amorçait le mouvement rotatif en tirant sur une ficelle, comme ce jouet qui lance des hélices de plastique. (L'insuccès de ce petit prodige tient sans doute au fait qu'obnubilé par le bon fonctionnement de son dispositif de base il en négligeait sa fonction principale : raser.)

Dans son appartement, les incessantes allées et venues de la tornade brune qui le poursuivait jusque dans sa salle de bains n'éveillaient plus la moindre crispation chez Georges. Il échangea son rasoir-curiosité-du-musée-des-Arts-et-Métiers contre un rasoir électrique moderne sans le plus petit pincement au cœur, alors qu'un mois auparavant il se serait battu jusqu'à la mort pour le défendre. C'est Lucie elle-même qui, découvrant *in extremis* l'intérêt culturel et patrimonial de l'objet, retint son hôte de le jeter à la poubelle. Pire, quand elle débarqua avec un flacon jaunâtre et en imbiba les joues fraîchement rasées de son élève, pour, dit-elle, parfaire la panoplie jusque dans les moindres détails, il ne protesta pas alors que, quarante-huit heures avant, le simple mot « after-shave » lui déclenchait une sécrétion d'adrénaline.

Puis, il avait fallu acheter un costume. Le plus dur avait moins été d'en trouver un que de convaincre son acheteur que c'était ça qui se portait maintenant dans les milieux d'affaires, et non pas des uniformes d'attachés d'ambassade bulgares des années 50. Mais, d'emblée convaincu des connaissances métasociales de la jeune fille en la matière, le héros se laissa guider, manipuler, habiller comme un gros nounours en peluche synthétique. À chaque nouvelle étape, chemise, chaussettes, cravate, chaussures, Lucie se reculait un peu et clignait les yeux pour juger de l'effet. Elle cherchait, expliquait-elle, la touche d'austérité stricte mais puissante, la nuance subtile de celui qui domine l'argent sans céder à ses mirages. Bref, l'explorateur, avait-elle décidé, devait inspirer aux riches une confiance immédiate, montrer qu'il avait pour leur monde complicité mais sévérité. Objectif qu'elle estima raisonnablement atteint après deux jours d'efforts.

Ensuite, il avait fallu louer une voiture à la hauteur. Ça, ça avait été le moins difficile, Brossard ayant eu de nombreux et bons clients parmi les loueurs d'automobiles. Quand la voiture fut louée, la jeune fille manifesta l'intention d'acheter des vêtements pour elle, et la fastidieuse tournée des magasins féminins sembla passionner son compagnon.

Puis, elle avait institué deux heures par jour de cours de maintien. Ils avaient lieu dans le bureau, elle, assise sur un tas de dossiers, lui, partant de la porte cuirassée, équipé de son nouveau costume et de tous ses accessoires. Les emballages défaits des nouveaux achats jonchaient le sol de l'appartement et un disque neuf tournait sur la platine. C'était du Schumann.

– Bon, on recommence, disait elle patiemment.

Il avançait jusqu'au milieu de la pièce et venait s'asseoir dans le fauteuil cassé.

– Non ! soupirait Lucie. Vous avez encore l'air de venir faire la manche. Vous avez peur de l'abîmer, le costume, ou quoi ?

– C'est à cause des chaussures neuves, plaidait l'élève.

– Allez-y. Détendez-vous. Le rictus méchant est superflu. Il vous nuira, même. On va réessayer et, quand vous serez assis, vous allez croiser aussitôt les jambes.

Brossard se relevait docilement et retournait se poster près de la porte.

Enfin, un soir, on était passés à la révision stratégique. L'action approchait, c'était le dernier briefing précédant la check-list. Dans le salon en L, assis chacun au plus près de l'angle pour pouvoir se voir, le bizuth de la haute finance s'entraînait à la fermeture de son nouveau porte-documents Jean-Paul Gaultier, tandis que Lucie fronçait ses divins sourcils dans un effort de réflexion intense en sirotant un verre de jus d'ananas. Elle appelait à l'aide ses souvenirs d'enfance.

– Souvent, j'ai vu mon père réclamer de l'argent aux plus redoutables associés, et j'ai vu des gens venir lui en demander. D'abord, si vous croyez impressionner un capitaine d'industrie avec votre laïus judiciaire, vous vous foutez le doigt dans l'œil.

Georges opina.

– Quand papa parlait d'argent avec d'autres hommes d'affaires, j'ai remarqué qu'il parlait d'abord d'autre chose : de géographie, de cinéma ou de voitures.

– Géographie, cinéma, voitures.

– Oui. Ça lui permettait de soupeser l'adversaire. Ce n'est qu'ensuite qu'il attaquait le sujet, au moment qu'il avait choisi, dans les termes qu'il avait choisis.

– Il a pas changé, le Toussaint. Mais ça, je connais.

– Parmi les chasseurs de dettes venus lui réclamer de l'argent, aucun n'a jamais réussi. Mais j'en ai vu de très forts.

Dès qu'il parvint à ouvrir le porte-documents d'un seul doigt, l'ouvreur le posa sur le sol. Il sortit de sa poche un petit cigarillo.

– Et vous en avez conclu ?

– La classe. Il faut de la classe. On vous pardonnera tout si vous avez de la classe.

– Mais encore ?

– D'abord, ne vous présentez jamais comme un recouvreur de créances. Vous n'imaginez pas ce que ce métier est mal vu chez les riches.

– Chez les pauvres aussi.

– Bref, vous trouverez un autre titre. Ensuite, n'utilisez jamais le recours à la menace. Sauf si vous êtes absolument sûr de pouvoir la mettre à exécution, et encore, ne vous contentez que d'allusions. Le plus rentable, c'est d'ancrer en vous la conviction profonde que vous venez aider le débiteur. Que vous accomplissez une démarche charitable, que vos intentions sont amicales et sereines, mais néanmoins commandées par l'impitoyable loi des affaires à laquelle tout un chacun doit obéir, quelque chose comme ça.

– Vous dormiez sous le bureau de votre père pour avoir appris tout ça ?

– J'avais tellement de télés que je les regardais jamais. Alors j'écoutais aux portes.

– Et après ?

– Quand vous aurez exposé votre problème sans qu'on vous vire, vous aurez fait un bon pas. Mais vous ne serez pas au bout de vos peines parce que c'est après que ça se corse. Et je suppose que c'est là aussi que se distinguent ceux qui ont du talent et ceux qui n'en ont pas. Bref, ça sera à vous d'aviser.

Elle avala une gorgée de jus d'ananas et fit la grimace.

– Ce frigo, on le répare ou on en achète un autre ?

Le matin suivant, Mlle Mititei arrivait au bureau, lorsqu'une 4 x 4 japonaise neuve, aussi haute de gamme que de roues, s'arrêta devant elle. Elle en vit descendre un étrange personnage, aux joues roses et lisses, aux inquiétantes lunettes noires, au costume sombre mais luxueux, aux chaussures craquantes mais viriles, à la chevalière de chez Chomé, discrète mais en massif, au porte-documents luisant comme un couperet. Il pénétra dans l'immeuble, traversa la cour et se dirigea manifestement vers le cabinet. Cet homme la remplit d'indécision. C'était, ou un gros ennui, ou un gros client. Dans le doute, elle décida d'attendre son patron avant d'entrer. Mais l'homme ouvrit lui-même la porte du cabinet, avec une clé qu'il avait dû voler ou contrefaire, et comme la fidèle employée se décidait alors à interpeller l'intrus, celui-ci se retourna pour lui demander : « Bonjour, mademoiselle Thérèse, comment me trouvez-vous ? » Elle hurla de terreur et manqua défaillir.

On la porta à moitié évanouie dans le bureau où son réveil fut d'autant plus hystérique que Lucie, dans sa précipitation, avait crié étourdiment à Georges : « Dégrafez-la ! Je vais chercher un verre d'eau ! » Et que le téléphone choisit le plus fort des hurlements d'épouvante qui suivirent pour débiter ses litanies pornographiques matinales dans le haut-parleur du répondeur réglé au maximum.

Quand Mlle Mititei fut en état d'admettre que son élimination physique ne faisait pas partie des projets immédiats du Brossard nouvelle version, elle se calma soudainement et entreprit d'examiner la métamorphose dans les détails, lèvres soudées et yeux plissés.

Et, alors que son patron s'attendait au mieux à une cinglante condamnation, au pire à un psychodrame, elle se détourna avec un haussement d'épaules et s'assit à son bureau en concluant :

– Vous avez toujours le nez qui brille.

13

La toute première affaire, Lucie l'avait choisie simple et sans risque, désirant tester son pupille dans un galop d'essai en conditions réelles. Un peu comme le débarquement de Dieppe en 1943. Elle désirait une prise de contact en douceur dans un domaine familier, et elle l'avait trouvée dans l'immobilier de luxe, auprès d'une agence dont son père avait été bon client avant d'en être bailleur de fonds en plusieurs occasions fructueuses.

Le néophyte et son guide se retrouvèrent donc un matin au trente-deuxième étage d'une tour du front de Seine, à écouter Bertrand Funk, directeur général de l'Immobilière Immortelle. Derrière lui, la baie vitrée qui s'ouvrait sur Paris donnait l'impression de se trouver dans le salon d'un zeppelin pour ceux qui ont connu ça, mais ils ne sont pas nombreux.

Lucie et Georges occupaient des fauteuils Starck très beaux et très profonds tant du point de vue physique que du point de vue conceptuel, la première semblait ravie de retrouver un ami de son père, le second ne se lassait pas d'admirer tous les détails d'un bureau comme il n'en avait jamais vu.

Jusque-là, il avait été parfait, si l'on néglige le fait qu'en entrant il avait accroché son manteau sur la sculpture de Giacometti.

– Alors comme ça, ce cher Toussaint a eu quelques ennuis ? Ça ne m'étonne pas, non pas ce soir je suis pris, *how are you Jennifer are you calling from San Diego* mais pourquoi ne vous a-t-il pas emmenée, Lucie, *yes excuse me* non professeur pour la mise en vente il faut voir Berlin *pronto commandatore come sta caro amici...*

Le directeur général portait sur la tête un de ces casques-téléphones sans fil, aussi légers que discrets, minuscule écouteur dans une oreille et micro lilliputien tenu devant la bouche par une fine branche métallique, lequel lui permettait de prendre une communication quel que soit l'endroit, en gardant les mains libres pour écrire, clavioter un ordinateur ou peloter sa *dispatching manager,* mais rendait ses conversations assez difficiles à suivre pour ses interlocuteurs présents. Et carrément surréalistes pour ceux qui ne repéraient pas le gadget du premier coup.

– Cécile, voulez-vous m'apporter le dossier Meignard ? Non, pas vous, professeur, *no Jennifer I was talking to my secretary scusate commandatore non è per voi che...* Et merde !

Il arracha le casque. Il était parfois sujet à des mouvements d'humeur rétrogrades, au grand soulagement de ses visiteurs.

– Voilà, dit-il en feuilletant le dossier. M. et Mme Meignard. Une affaire mal embouchée où je flaire les complications... Il s'agit d'un couple surendetté.

Le pécunianaute fut cruellement déçu mais n'en montra rien, excepté un abaissement sensible des sourcils. Les ménages surendettés avaient constitué le tout-venant de sa précédente carrière.

– Eh oui, que voulez-vous, c'est de plus en plus fréquent, compatit-il d'un ton las. Ça devient le véritable problème de notre époque. Il y a même des lois en faveur des ménages surendettés, maintenant.

– Oui, mais ceux-là, ils exagèrent. Ils ont acheté le château de Chambord alors que lui n'a qu'une paie d'instituteur et elle, de secrétaire.

Les sourcils de l'auditeur se redressèrent.

– Tss, tss, les gens veulent vivre de plus en plus au-dessus de leurs moyens, dit-il. Mais, sans vouloir être indiscret, pourquoi le leur avez-vous vendu ?

– Une confusion de dossiers, murmura Funk douloureusement. Lors de la campagne de privatisation du patrimoine national, le château a été mêlé par erreur à une vente aux particuliers. La distraction coupable d'un de nos directeurs, un notaire atteint de la maladie d'Alzheimer, bref, la vente est légale.

En sortant, Brossard s'était penché sur sa compagne :

– J'aimerais bien un téléphone comme ça. Et une sculpture, aussi…

Le château de Chambord avait été vendu sans ses meubles, et les nouveaux propriétaires n'avaient pas les moyens de le meubler. Aussi, avaient-ils installé une tente dans le secteur nord de la salle des fêtes du premier étage du corps central, et ils vivaient là, dans le coin le plus ensoleillé, autour d'une table de camping et d'un Butagaz.

Le recouvreur de créances considéra avec curiosité M. Meignard, prostré sur un tabouret de pêche, le regard perdu dans les lattes du parquet à la française, qui psalmodiait en hochant la tête :

– Je ne sais pas ce qui m'a pris, je ne sais pas ce qui m'a pris…

Mme Meignard, un tablier autour des hanches, regarda tristement son mari.

– Du matin au soir, il est comme ça. Ça sert à quoi de se lamenter, je vous le demande un peu ! C'est tout lui, ça : il fait des folies et après, y a plus personne.

L'écho transmit le bruit d'une porte qui s'ouvrait à l'extrémité de la salle des fêtes. C'était Lucie.

– Elle est avec vous ? demanda la châtelaine.

– Oui.

Elle se saisit d'un mégaphone à piles.

– MADEMOISELLE, VEUILLEZ PRENDRE LES PATINS QUI SONT PAR TERRE À DROITE, hurla le mégaphone à la minuscule silhouette.

» C'est vrai, quoi, expliqua-t-elle au visiteur, j'ai passé tout le mois à cirer le parquet, je vais pas recommencer.

Au loin, la silhouette de Lucie avait commencé sa progression, elle ressemblait à un skieur de fond. Le temps qu'elle arrive, Georges aurait débroussaillé l'affaire.

– Mais vous vous plaisez, ici ? s'enquit-il.

– Vous plaisantez ? C'est l'enfer. Si vous le permettez, je vais continuer mon ménage pendant qu'on cause. J'ai commencé à nettoyer les vitres il y a trois jours, j'ai fait que deux fenêtres, il m'en reste soixante-sept. Et pour ce qu'il m'aide, l'autre nouille.

Le visiteur se tourna vers le mari surendetté.

– Monsieur Meignard, je suis Georges Brossard du cabinet…

– Je ne sais pas ce qui m'a pris…

– Il ne dit que ça ? demanda Georges à l'épouse qui frottait les vitres en haut de son échelle, huit mètres au-dessus de lui.

– Oui. Vous pourrez pas lui arracher autre chose.

– Cher monsieur Meignard, reprit Brossard, imperturbable, quel que soit l'état où vous plonge votre achat intempestif du château de Chambord, je dois…

En haut de l'échelle, la femme cessa son nettoyage pour interrompre l'agent de contentieux :

– Mais c'est pas pour le château de Chambord, qu'il est malheureux !

– Pourquoi alors ?

– Comment, vous ne savez pas ? Cet imbécile a acheté le château de Vaux-le-Vicomte, hier ! Alors qu'on peut même pas payer les intérêts des honoraires du notaire ! Quand je vous dis qu'il est taré !

– Comment il a pu ?

– Il a dit qu'il était déjà propriétaire du château de Chambord, pardi !

À cet instant, les cris de Lucie, arrivée à portée de voix, devinrent compréhensibles. Elle agitait en vain un papier au bout de son bras depuis le début de sa traversée.

– Arrêtez tout ! L'affaire est arrangée ! bramait-elle.

Elle expliqua, essoufflée, que la commission d'aide au surendettement venait d'étudier le dossier Meignard et, sincèrement émue et bouleversée devant ces conquérants de l'extrême, ces artistes de l'impossible, qui, sans marchander leurs efforts et leur courage, légitimaient à eux seuls l'existence même de la commission, de ses fonctionnaires et de ses crédits, elle avait décidé, dans un élan unanime, de rembourser toutes les dettes Meignard, si ceux-ci s'engageaient à se re-surendetter aussitôt.

– T'entends ça, chéri ? minauda Mme Meignard. On va enfin pouvoir acheter Chenonceaux ! Mon rêve !

On ne pouvait souhaiter victoire plus complète et plus facilement acquise. Le recouvreur de créances et sa secrétaire prirent congé du couple et entreprirent la retraversée de la salle des fêtes dans l'autre sens.

Cette affaire trop simple, bien que conclue à la grande satisfaction du client, n'était pas très enrichissante du point de vue didactique. La suivante le fut trop. Brossard II connut en effet le véritable baptême du feu à la seconde mission, laquelle se termina de façon si ahurissante que même Lucie fut estomaquée. Le matin même, la jeune fille avait passé presque une heure à bichonner son champion, à le brosser, à le lustrer, tandis qu'il répétait à haute voix sa tirade méticuleusement conçue. Arrivés sur les lieux, ils restèrent quelques minutes assis dans la Toyota, à relire les notes prises l'avant-veille pendant l'entretien avec le client, attaché commercial de la banque Vers. Puis tous les deux considérèrent en silence la tour de vitres et d'acier que l'explorateur allait prendre d'assaut : le siège social du World Investment Group.

– Voilà tous les renseignements que j'ai trouvés, dit-elle en dépliant un papier.

Brossard, qui avait dix fois risqué l'hôpital dans son métier, découvrait un désagrément jusqu'alors inconnu de lui : le trac. La bouche sèche, l'estomac contracté, les jambes lourdes, d'un certain côté, ça le rajeunissait.

– Le World Investment Group est une compagnie de prestige, société écran de la Luxembourgeoise de Banques, elle-même filiale de complaisance de Panamá Real Estate and Liability, société paravent dont le siège est à Nauru et les investisseurs dilués en sociétés d'actions à commandites financées en sous-main et à quatre-vingt-dix jours renouvelables par un consortium de banques suisses qui sert de façade légale et de garantie pour un groupe de placements à très court terme, prête-nom d'un pool boursier dont la banque Vers est un des principaux mandataires. Sur tout ce circuit, un capital noir, blanc ou fictif peut apparaître, disparaître ou tourner indéfiniment, mais fructifier très concrètement à chaque étage.

– J'ai rien compris.

– Bon, c'est pas grave, ça ne change rien. Croisez les doigts et bonne chance. On se retrouve chez le client.

En traversant le hall-cathédrale du World Investment Group, Georges assouplit sa démarche, affermit ses épaules, redressa le menton. Arrivé au comptoir des hôtesses, il s'annonça avec la superbe d'un raider au zénith de sa carrière. Après tout, rien que d'avoir obtenu un entretien avec Jules Holz, directeur général de la branche européenne de World Investment, constituait en soi un succès exceptionnel, tant le filtrage qui entourait l'homme était compact. D'ailleurs, la réussite de la mission proprement dite était si improbable que le client s'était longuement fait prier avant d'envoyer un innocent au massacre.

Il faut dire que Jules Holz était réputé pour une extrême susceptibilité, que son pouvoir étendu et sa rancune perverse pouvaient muer en persécutions interminables et polyvalentes.

Georges franchit les étages successifs du filtrage en foulant les moquettes d'épaisseur proportionnelle au niveau hiérarchique. À mesure de son ascension, son pas se fit conquérant, son geste sûr, son œil vif, et son attaché-case allègre. Son instructrice aurait été fière de lui. Mais il est des gens qui vous pulvérisent d'un seul regard, et quelques secondes plus tard ce n'était plus qu'une larve liquéfiée qui se tortillait au bord du fauteuil, couvert de sueur des pieds à la calvitie, les lunettes de travers, les mains tremblantes. Le « fondé de pouvoir à titre temporaire » (c'est ainsi que Georges s'était présenté) guettait à la dérobée les yeux bleu acier de son interlocuteur, tout en se passant convulsivement la paume sur le menton moite (un nouveau tic qu'il avait pris depuis qu'il était rasé de près). En face de lui, de l'autre côté d'un bureau aussi vaste que le pont d'envol d'un porte-avions, le directeur général parcourait sans un tressaillement le papier à peine bleuté que Brossard lui avait fait parvenir par-delà le désert d'acajou.

Aussitôt assis, le visiteur débita sa tirade d'un trait, sans respirer, sans rien oublier des litotes et circonlocutions savamment dosées et qui suivaient une progression stratégique circonspecte. Au détail près que, sous le coup de l'émotion, Brossard la débita à l'envers.

Les yeux bleu-gris se relevèrent et se posèrent alors sur Georges, le délitant un peu plus. Comme il aurait préféré les coups de poing et les avanies de ses anciennes victimes ! Il eut envie de fuir. Il pensa à Lucie qui l'attendait, inquiète. Allait-il abandonner à la première difficulté de l'expédition, alors que le regard de l'impétueuse et magnifique jeunesse était braqué sur lui ?

– Monsieur Bossard…, susurra le cyborg.

– Brossard, corrigea machinalement Brossard.

– Sachez qu'une minute de mon temps coûte 122 francs hors taxes à World Investment. Or vous êtes là depuis trois minutes quinze et je n'ai toujours pas compris pourquoi.

Le visiteur se racornit un peu plus, sua un peu plus, et déglutit pour faire bonne mesure. Il bafouilla une purée pleine de postillons :

– Amitié sincère de liquidités… difficultés passagères de fondé de pouvoir en mensualités… assurances de témoignage de fidélité éternelle dégressive… moratoire de confiance mutuelle provisoire… plaisanterie ah ah…

– Vous vous moquez de moi ? demanda l'androïde avec l'aménité d'un lieutenant SS neurasthénique atteint d'une rage de dents.

Alors Georges ferma les yeux. Il prit sa respiration et dit d'un trait :

– La banque Vers vous a prêté trois cents briques et elle m'envoie pour les récupérer.

Il y eut un long silence.

– Intérêts et frais compris ? dit le directeur général.

– Tout compris, dit Brossard sur le même ton.

Jules Holz ouvrit un tiroir, sortit un chéquier et remplit le chèque sans un mot.

– Je téléphone mon accord à ma banque. Vous voudrez bien donner le reçu à ma secrétaire, dit-il en tendant le chèque. Eh ! Qu'est-ce qui vous arrive ?

Brossard était tombé dans les pommes.

La surprise du banquier fut considérable lorsqu'il apprit la réussite de la mission ; la rumeur qu'un créancier était entré dans le bureau de Holz et en était sorti sans avoir à s'exiler au Lesotho fulgura aussitôt parmi le personnel de la banque en attendant de se diffuser au-delà. Le couple prit congé dans l'allégresse générale et les promesses de missions futures.

Plus tard, quand ils furent tous les deux assis dans leur voiture, Lucie demanda au champion de lui raconter la scène dans les moindres détails, il en profita pour prendre des notes. Quand il eut fini, elle hocha longuement la tête.

– C'est très étonnant, commenta-t-elle. Très étonnant.

Dès la deuxième tentative, tomber sur un tel cas n'aurait pu qu'amener l'élève à des conclusions erronées quant à l'honnêteté des riches, si sa tutrice n'avait fermement attribué le phénomène à une coïncidence aussi rare qu'extraordinaire, sans doute justifiée par quelque nécessité comptable de liquider des capitaux avant la fermeture d'un bilan, ou quelque chose d'approchant.

14

La boule faisait ting ting ting sur les bords de la roulette sans parvenir à se décider. Elle essaya un 18 rouge pair et manque, le quitta pour un 28 noir pair et passe, se fit des frissons en passant quelques nanosecondes sur le zéro (si elle voulait emmerder toute la table, elle n'avait qu'à rester là), enfin jeta son dévolu sur le 3 rouge impair et manque. Qu'elle quitta au dernier moment pour se fixer définitivement sur le 7 rouge impair et manque. Parce qu'il faut bien un peu d'imprévu dans la vie.

Les yeux de Georges Brossard passèrent de la boule à l'homme assis en face de lui, un jeune milliardaire à l'air las et aux gestes précieux, qui avait joué sur le numéro en question une vertigineuse pile de plaques trop exiguës pour le nombre de zéros qui y étaient gravés. Laquelle pile se multiplia aussitôt par 35. L'homme accueillit son gain avec un petit sourire négligent, écarta du tas que le croupier poussait vers lui trois années de retraite d'un employé aux écritures et les repoussa vers l'envoyeur ; c'était le pourboire. « Personnel merci », dit le croupier, ce qui n'était qu'une métonymie habile dont le développement aurait donné :

« Les croupiers de cette table et leurs familles, qui savent reconnaître la vraie classe et l'authentique munificence, pensez donc, avec ce métier, vous supplient humblement la face contre terre d'accepter leur reconnaissance éternelle, à valoir sur vos descendants jusqu'à la sixième génération. »

Un garçon furtif remplit la coupe de champagne dont le niveau n'avait baissé que d'une gorgée, celle que venait d'aspirer le gagnant avec une moue modeste et vague. Les trois femmes qui l'entouraient d'un poudroiement doré de gestes, de rires et de fatafatas l'embrassèrent à des endroits différents de son visage, ce fut le moment que choisit le bourdonnement électronique pour envahir l'oreille de Brossard :

– Camp de base à équipe 1. Camp de base à équipe 1.

Brossard mit sa main devant sa bouche avec l'air de celui qui réfléchit à mi-voix.

– Equipe 1 à camp de base. Bien reçu, à vous.

– Vous l'avez repéré ? demanda la voix de Lucie à peine altérée par l'écouteur.

– Une calvitie précoce, cicatrice au front, grosse mâchoire. Une de ses pétasses vient de l'appeler Jean-Luc.

– C'est lui. Il gagne ?

– Ça oui, on peut le dire.

– Qu'est-ce qu'il fait de ses plaques ?

– Rien, il les laisse devant lui.

– Ne restez pas toujours au même endroit. Circulez d'une table à l'autre.

Georges rajusta son nœud papillon et resserra le petit micro de gorge qui était caché dessous. Il passa sa main sur son menton rasé de frais et ses yeux croisèrent ceux de son objectif : Jean-Luc Zerghossian Jr.

Ce dernier eut un imperceptible moment d'hésitation. Il avait repéré ce gros plouc mal à l'aise dans son smoking qui faisait mine de chercher quelqu'un depuis le début de la soirée. Il en avait déduit que c'était un détective privé qui le surveillait et il s'en contrefoutait. Trois secondes après le croisement d'yeux, il l'avait déjà oublié.

– C'est une soirée losange, dit au gros plouc une vieille dame aux yeux bridés, japonaise ou coréenne.

Elle passait d'une table à l'autre avec un carnet bourré de statistiques cabalistiques au sommet duquel était collée une minuscule calculatrice électronique. « Une chercheuse de martingales », avait chuchoté dans son oreille sa guide transistorisée quand il avait demandé des informations en haute fréquence. Il avait encore tout à découvrir sur la faune des casinos. Surtout que la Chinoise n'avait pas joué une seule fois de toute la soirée, se contentant de courir d'une table à l'autre avec des airs d'agent de change, comme si la bonne humeur de la bourse de Taïwan dépendait de ses réflexes.

– Losange ? demanda Brossard avec un mouvement de tête qu'il trouvait très distingué.

– Oui, les numéros qui sortent à cette table dessinent des losanges presque parfaits si on les relie ensemble sur un diagramme de la roulette.

Elle montra discrètement le dessin qui résultait de tous les numéros reliés et il fit un « Ah ! » admiratif devant le gribouillis informe.

De l'autre côté de la table, Jean Luc Zerghossian Jr. suivait les relations passionnelles de la bille avec le 20 noir pair et passe. Usant d'un sixième sens affiné par la cuite compacte qu'il tenait depuis une heure, il perçut l'indifférence affectée avec laquelle la petite sphère blanche ignorait le numéro quand elle passait dessus. Il y avait anguille sous roche. L'idylle furtive qu'il avait décelée entre la double dizaine et la volage petite boule était destinée à connaître une incessante conclusion, dans une spectaculaire union. Les yeux à demi fermés, bercé par le gazouillis de ses femelles, le jeune milliardaire ne jouait pas depuis plusieurs tours. Affalé sur le revêtement vert, il construisait un château fort avec le tombereau de plaques entassées devant lui. Quatre tours d'angle, quatre murs, dont un percé d'une porte, des ponts, des terrasses, rien que le donjon aurait pu remonter durablement la comptabilité d'une maison d'édition de taille moyenne en difficulté. Il n'en remarqua pas moins le reflet fripon que la petite boule émit à l'intention du 11 noir impair et manque, jeune godelureau tout fier d'être nombre premier, affichant avec arrogance ses deux gros « 1 » identiques, ses deux déliés mesquins et ses empattements démodés. La salope en ivoire manifestait ainsi ses intentions pour le prochain coup, lesquelles n'avaient pas échappé à quelques regards exercés, et le 11 s'était vite couvert de plaques multicolores. Jean-Luc Zerghossian sourit et rajouta une plaque sur le pont-levis. Déjà, le chef de table affirmait : « Les jeux sont faits, mesdames-messieurs », qu'il fit suivre aussitôt d'un pertinent « Rien ne va pl... ».

Sur le « pl » de « plus », Jean-Luc Zerghossian poussa tout le château, tours et donjon, sur le 20 noir pair et passe. Le geste fut enregistré *in extremis* par l'œil d'aigle du croupier qui, générosité du pourboire oblige, modifia sa prononciation, laquelle devint « Rien ne va plllllllllllllllll », le temps que le château atteigne sa destination. Quand ce fut fait, il souffla un « uuuus » libératoire et la boule partit avec des soubresauts lubriques se faire sauter par ce 11 viril et déjà frétillant. Sauf qu'au moment où celui-ci allait recevoir sa rotondité elle émit un ricanement sauvage et se jeta dans les bras du 20 avec des larmes de bonheur.

Le chef de table estima discrètement l'Himalaya de plaques qui croulait devant le jeune joueur et se dit qu'on n'était pas loin des limites financières du casino. Mais vu l'état du gagnant, il n'y avait pas de quoi s'affoler : ce n'était pas la première fois que ce bon client gagnait et perdait en une nuit l'équivalent du budget d'une petite république du Pacifique.

Mais manque de chance pour le casino, ce soir-là, Jean-Luc Zerghossian Jr. se leva et manifesta l'intention d'aller dormir, salué par la déception unanime des trois perruches.

– Il se lève, chuchota Brossard.

– S'il va à la caisse, il va prendre le couloir de droite derrière le piano. Qu'est-ce qu'il fait ?

– Pour le moment, il zigzague.

– Pourvu qu'il ne s'y recolle pas.

– Non, il va vers le couloir.

– Bon. Rappelez-vous. Entre les vigiles de la caisse et le personnel de l'entrée, vous avez quinze mètres. C'est le seul créneau.

– Voulez-vous qu'une de nos équipes de sécurité vous accompagne, monsieur Zerghossian ?

Le directeur lui tendait un sac gracieusement offert par l'établissement, dans lequel les liasses de billets tenaient à grand-peine.

– J'ai pas besoin de gorilles, j'ai mes guenons, répondit le milliardaire en provoquant une immédiate cacophonie dans la volière, et un sourire jaune pisseux sur le visage du directeur.

Ce dernier salua bien bas son cher client et Zerghossian se dirigea vers le hall, ses trois grâces quelques mètres derrière. Mais entre lui et son but se profila une silhouette rondouillarde, qui tenait une coupe de champagne dans une main et un cigarillo dans l'autre.

– Bonsoir, monsieur Zerghossian.

« Relax Ajax, cool Abdul, faut surtout faire détendu », l'avait exhorté Lucie. En attendant, Georges s'était rabattu sur son vieux système. Il parlait en s'adressant à un lustre en cristal.

– Je vous félicite, pour votre chance.

Le jeune homme regarda le lustre, puis l'inconnu.

– Qu'est-ce que vous voulez, mon vieux ?

– Puis-je vous dire un mot ?

– C'est mon père qui vous paie ?

– Non. Je ne suis pas détective privé.

– Dommage, pour une fois que je gagnais réellement, j'aurais eu un témoin officiel. Alors ?

– Monsieur Zerghossian, loin de moi l'idée de vous importuner à cette heure, je voulais juste profiter de l'occasion pour vous permettre de réparer un oubli.

Le jeune riche devina aussitôt que la présence de l'énergumène avait un rapport avec ce qui pendait au bout de son bras. Ce qui, dans un établissement de cette classe, était le comble de l'inconvenance.

– Tu viens, Jean-Luc ? Qui c'est, celui-là ? dit une des perruches.

– Quel oubli ?

– Oh, un emprunt que vous avait consenti Mme de Montclar et que vous n'avez pas encore eu l'opportunité de rembourser.

Zerghossian sembla dessoûlé en un éclair. Il posa le sac.

– Attendez, vous voulez dire que vous m'avez guetté toute la soirée pour me racketter au profit de cette je-ne-sais-pas-qui ? Dites-moi que je me trompe.

– Ce n'est pas une question d'argent, cher monsieur, susurra Brossard qui se sentait de plus en plus emprunté, les mains prises avec son verre tiède et son cigare éteint. C'est surtout une question d'amitié. Je ne suis ici que pour dissiper des malentendus.

– Alors ça, dit le jeune homme suffoqué, ça, on me l'avait jamais fait ! J'ai connu des sommets d'outrecuidance, mais là, ça dépasse tout !

– Je reconnais que le moment n'est pas des plus adéquats pour en parler. Mais je l'ai choisi en fonction de vos disponibilités en liquide, qui sont rares, et non de la pure bienséance, et croyez que je m'en excuse.

– C'est bon, ça, c'est bon, bravo, bourdonna son oreille.

Mais le danger se précisait. Le directeur, furieux de n'avoir pas repéré le pique-assiette à temps, avait envoyé son personnel sur un signe discret. Les portiers venaient du hall, les vigiles de la caisse. Zerghossian eut un sourire mauvais qui aurait fait trembler les douze mille salariés de son père.

– Vous, vous ne savez pas ce qui va vous arriver, vous allez regretter de faire ce métier.

– Pourquoi tu t'énerves, mon chien rouge ? Il t'embête, ce croque-mort ? dit une des créatures en sortant un objet indistinct de son sac.

Le jeune richard qui se mettait en colère, les employés qui rappliquaient, les filles qui s'en mêlaient, le chasseur de dettes commençait à paniquer et à regretter sa vieille clientèle, si faible et si pathétique.

– Maintenant ! dit la voix dans son oreille.

Comme il ne savait pas quoi faire de sa coupe et de son cigare, Georges les tendit à la plus proche des femmes, laquelle n'eut pas le réflexe de les refuser, puis il fouilla dans ses poches. Le directeur et ses sbires arrivaient.

– Ce monsieur vous importune-t-il, monsieur Zerghossian ? demanda le directeur.

Brossard brandit la photo sous le nez du jeune homme.

– Demain c'est dans la presse, dit-il très rapidement alors que deux malabars l'encadraient.

Simultanément, Zerghossian arracha la photo, repoussa la fille et fit un sourire au directeur.

– Non, non, tout va bien. Monsieur est un vieil ami.

– Oh, excusez-moi, dit le directeur, stupéfait, avant de battre en retraite avec ses troupes.

– C'est du chantage ! chuchota Zerghossian.

– Pas du tout. Un chantage vous ferait subir un préjudice. Le préjudice, en l'occurrence, c'est ma cliente qui le subit.

– Combien elle veut ?

– Ce qu'elle vous a prêté, plus les faux frais.

– Et youpiii ! cria l'écouteur.

La Toyota de location filait sur le bord de mer. Lucie conduisait. Sur le siège du passager, Brossard s'évertuait à ôter l'émetteur HF planqué dans son smoking sans en arracher les fils.

– Ça serait tout de même plus simple de m'accompagner.

– Vous ne connaissez pas les physionomistes des casinos. Il vous reste beaucoup à apprendre, cher Georges.

Ledit Georges pencha sa tête à l'extérieur de la voiture et jeta un coup d'œil sur l'aile avant gauche. Il réintégra son chef dans l'habitacle avec un soupir. Puis il sortit un carnet de notes et, à la lueur des réverbères, commença à y consigner l'essentiel de sa soirée, pour ne pas oublier les détails.

– N'omettez pas de noter que les trois greluches qui l'accompagnent sont payées en honoraires, recommanda la conductrice.

– Et il faudrait que vous perdiez cette manie de peindre un $ sur l'aile de la voiture chaque fois que nous réussissons une mission.

– On s'en fout, elle est pas à nous.

Il y avait déjà 3 $ sur l'aile de la Toyota.

15

Mais la véritable et vertigineuse aventure dorée commença en fait quelques jours plus tard, alors que Lucie et Georges se trouvaient bloqués sur le périphérique aux alentours de la porte d'Auteuil. Leur objectif était un hôtel particulier du XVIe arrondissement, habité par un aristocrate sexagénaire, authentique descendant de la noblesse de l'Ancien Régime, président de plusieurs conseils d'administration, qui portait monocle à fil, moustache fine et millimétrée, bottes de cheval au jardin, qui ne recevait les visiteurs que sur demande d'audience écrite, mais que Lucie connaissait depuis l'époque où Sarfatoussi lui servait de conseiller, dix ans auparavant. Elle possédait son numéro de téléphone méga-privé, ce dont même un député ne pouvait se vanter. Au milieu des embouteillages, Georges polissait ses chaussures avec son mouchoir et ôtait une à une les pellicules sur son col au moyen d'un miroir. Enfin la 4 x 4 pénétra dans les jardins du petit château XVIIIe.

L'accueil du comte Vaugelas-Fontanelle de Liancourt confirma à notre héros qu'il lui restait encore une certaine distance à parcourir jusqu'à sa parfaite intégration dans la haute société.

– Ma chère petite Lucie, comme je suis heureux de vous voir ! s'était exclamé le comte en serrant la jeune fille sur son cœur. (Puis, désignant Brossard du pouce :) Et ça, qu'est-ce que c'est ?

– Ça, mon cher Gaston, avait répondu Lucie sans se démonter, c'est la solution à tous vos problèmes. Voici mon parrain, Georges Brossard.

– Depuis quand êtes-vous baptisée ? demanda le comte en accordant au personnage dûment présenté autant d'attention que s'il se fût agi d'un vélo.

Puis sans s'attarder une seconde de plus sur l'insignifiant bipède, il prit la jeune fille par les épaules et l'entraîna vers le jardin d'hiver. Puisqu'il n'y était pas invité, le bipède ne déplaça aucun de ses bipieds et écouta la voix du comte qui s'éloignait :

– Mon adorable et adorée petite Lucie. Quelle bonne idée de m'avoir appelé ! On m'a tout raconté pour votre père. Ce vieux filou va bien nous manquer…

Brossard se retrouva seul dans le hall. Il resta debout, campé là où on l'avait laissé. De temps à autre, des larbins apparaissaient à une porte et disparaissaient dans une autre, accordant à peine un regard au visiteur de Monsieur. Pour tromper le temps, celui-ci étudia les armoiries de la famille, reproduites sur un fauteuil. Il en resta fasciné. Sur fond d'azur et de gueules, un objet qui avait l'exacte apparence d'un sexe masculin en érection traversait l'écu du flanc dextre jusqu'au canton sénestre du chef, surmontant le dessin tout aussi peu équivoque de deux impressionnants testicules poilus sinople sur contre-hermine qui remplissaient le canton dextre de la pointe.

Il s'apprêtait à déchiffrer la devise qui promettait d'être passionnante, quand une voix le fit sursauter.

– C'est vrai, ça ?

C'était le comte qui revenait vers lui, au pas de charge, en lui reconnaissant soudainement le droit à l'existence, ce que le reconnu accueillit avec la gratitude d'un pays nouvellement indépendant.

– C'est vrai ce que me dit Lucie ? Que vous êtes le plus redoutable recouvreur de créances de la capitale ?

– Il ne faut rien exagérer, dit l'interpellé avec une révérence modeste.

– C'est très bien, ça, félicita le comte en le saisissant par l'épaule. Notre époque manque de fumiers.

– Trop aimable, osa le roturier.

Le comte éclata de rire. Il poussa Georges dans le salon où Lucie attendait, souriante.

– Chère Lucie, j'ai un excellent moyen de savoir si votre parrain est aussi compétent que vous le prétendez ! clama le comte, et le parrain se demanda s'il n'allait pas lui examiner la mâchoire et lui tâter les muscles.

Mais non, le ci-devant se contenta de pousser Georges vers un fauteuil de style, à moulures dorées, et se campa devant lui, jambes écartées.

– Cher monsieur, si vous parvenez à faire rendre gorge à mon frère, pour qu'il consente à me restituer la part d'héritage qu'il s'obstine à garder pardevers lui, je conviendrai que vous êtes le plus fort de tous.

– Votre frère a tenté une captation d'héritage ?

– Ah non ! Pas une captation ! Un rapt ! Une razzia ! Il ne m'en a pas laissé un liard ! Pas un arpent !

– Avez-vous entamé une procédure ?

– Mais j'ai tout fait, mon bon ! Tout ! Même les gendarmes ne veulent pas l'approcher.

– Et pourquoi donc ? Votre frère est si puissant que ça ?

– Pire : il est fou.

Le comte se dirigea vers une commode et revint avec un article de journal.

– Tenez, lisez ça : le cas est très connu, même le ministre n'ose pas intervenir. Pendant ce temps, je vais montrer à ma chère Lucie ma dernière collection d'images.

– Mais, Gaston, je n'ai plus quatorze ans ! protesta la chère Lucie, quand le comte lui eut exhibé quelques photos de femmes en déshabillés suggestifs.

– C'est mon Dieu vrai ! s'excusa l'aristocrate. Comme il est loin, le temps de l'innocence, des ris et des jeux ! Les années passent sur la pointe des pieds, on ne s'en rend pas compte.

Il apporta un album de photos où les femmes étaient nues, jambes écartées et aux prises avec des partenaires et des accessoires aussi divers qu'imaginatifs, en gros plan et en couleurs.

À cet instant, Brossard acheva sa lecture.

– Et ça représente beaucoup, cet héritage ?

– Tout de même, dit le comte, tout le domaine viticole de Vaugelas-Fontanelle dans le Bordelais, les chantiers navals Vaugelas et les industries chimiques Fontanelle, je ne vais pas lui en faire cadeau !

– Et votre frère, c'est quoi, sa folie ?

– Euh, c'est difficilement descriptible, il faut voir. D'ailleurs, il y a même des gens qui le voient et qui ne le croient pas. C'est le seul cas de folie économique recensé en psychiatrie.

– Il est d'approche difficile ?

– Le mot est faible.

Le manant se gratta le cou à l'endroit où le col de la chemise neuve lui donnait des démangeaisons, se frotta le menton à plusieurs reprises et toussota.

– Saviez-vous que la capitale du Honduras, c'est Honduras ? J'ai été voir le remake d'*Autant en emporte le vent,* c'est intéressant, mais pourquoi l'avoir transposé à l'Institut Pasteur ? La nouvelle Renault ne vaut pas la précédente, même avec le turbo.

– Il est fou, lui aussi ? demanda le comte à Lucie.

– Pas que je sache, fit-elle avec de grands yeux.

Brossard retoussota.

– Bon, pour le pognon, vous me payez combien ?

– Si vous réussissez, je vous fais chevalier, répondit le comte du tac au tac.

Brossard regarda Lucie qui hochait frénétiquement la tête derrière le dos du comte.

– Bon, j'accepte.

– À la bonne heure, mon brave ! se réjouit le gentilhomme. Clamons la devise des Vaugelas-Fontanelle : « Portetz hault le braquemart ! »

Il sonna le majordome, en poursuivant d'une voix enjouée :

– Ainsi que vous l'apprendrait tout bon dictionnaire, le braquemart est une courte épée à double tranchant, et cette devise nous vient des croisades. Ce n'est qu'au XVIIe siècle que mon arrière-trisaïeul, de la branche des Fontanelle-Bourgogne et très porté sur la chose – ce qui est un trait héréditaire de la famille –, fut tellement ravi de l'homonyme populaire qu'il l'immortalisa sur son blason.

Jérôme, voulez-vous m'organiser une expédition à Vaugelas avec ces messieurs-dames, nous allons rendre visite à Edmond.

Pour l'un comme pour l'autre, le voyage en Gironde constitua une première. Lui, parce qu'il n'y avait jamais été, elle parce qu'elle n'avait jamais pris le train, habituée qu'elle était depuis son plus jeune âge aux vitres teintées des limousines derrière lesquelles les vaches sont verdâtres et les gendarmes indispensables (mais les vitres des trains se teintent aussi, et, de toute façon, aujourd'hui, ils vont trop vite pour qu'on puisse voir les vaches).

Le domaine de Vaugelas-Fontanelle s'étendait sur les coteaux de la Drive, chauffé au riche soleil d'Aquitaine, tirant sa robe vermeille des racines du terroir pour parer son arôme incomparable d'un bouquet fruité et gouleyant qui fera la richesse de votre table. Servir chambré pour accompagner rôtis, grillades ou volailles.

Mille hectares de vignobles, cent hectares de parc, trois hameaux, deux châteaux, le domaine commençait juste après les dernières maisons du village de Vaugelas. Pour que nul ne le reconnaisse, le comte s'était affublé d'un monocle de soleil et d'une fausse moustache qu'il avait collée par-dessus la vraie. Tous les trois, l'héritier dépouillé, le récupérateur d'héritage et sa muse, étaient assis dans l'arrière-salle du café-tabac-épicerie-buvette du village, derrière un thé-citron, un Viandox et un verre de Vaugelas-Fontanelle rouge que Brossard avait tenu à goûter.

– Ils ne vont pas tarder, dit le comte en regardant sa montre. Vous allez voir, c'est très spectaculaire.

– Pas mauvais, peut-être un peu trop corsé de robe, dit Georges en reposant son verre après avoir tortillé ses lèvres. Mais j'y connais rien.

– Ça, c'est sûr : vous venez de boire mon Viandox.

– Qui sont ces gens près du comptoir ? demanda Lucie.

Elle parlait de six énigmatiques consommateurs qui ne consommaient rien, n'avaient pas l'air du pays et semblaient attendre le déluge en regardant les mouches agoniser sur le papier collant.

– Vous verrez, dit le comte, je vous laisse la surprise. Ah, c'est l'heure ! Edmond vient faire ses courses.

Une Hudson 1947 vint s'arrêter devant la boutique, suivie d'un minibus bondé.

– Mon frère aime les vieilles voitures, dit Gaston.

– Ce sont ses gardes du corps, dans le minibus ?

– Non, mon cher. C'est son porte-monnaie. Chuut, il arrive.

Le comte se rencogna au fond de la banquette, tandis que Lucie et Georges observaient la scène du coin de l'œil.

Edmond pénétra dans la boutique. En dehors de la maigreur, il avait peu de traits en commun avec son frère. Lui, il ressemblait plutôt à un prof de physique à la retraite, vêtements élimés et front soucieux. Une seule personne entra avec lui, un quinquagénaire barbu, les autres restèrent à attendre près du minibus.

– Bonjour, monsieur Edmond, dit le patron respectueusement. Qu'est-ce que ce sera, aujourd'hui ?

– Un paquet de Murillos, c'est tout.

– Ça nous fera 60 francs.

Edmond de Vaugelas-Fontanelle poussa le quinquagénaire qui l'accompagnait vers le comptoir.

– Je m'excuse, dit-il, j'ai pas de monnaie, j'ai qu'un billet de 200 francs.

– Mais c'est pas grave, monsieur Edmond, j'en ai, de la monnaie.

Sur un signe de tête, les personnes assises près du comptoir se levèrent, le bistrotier prit deux hommes par l'épaule et les poussa vers son client.

– Deux billets de 20 qui nous font 100…

Il tira une jeune fille par le bras.

– Et 100 qui nous font 200, voilà, monsieur Edmond.

– Merci, Victor. À demain.

– Au revoir, monsieur Edmond.

Le frère du comte sortit avec les deux hommes et la jeune femme, tandis que le quinquagénaire nouvellement arrivé allait s'asseoir à la place que les autres venaient de quitter.

– Vous avez compris ? demanda le comte.

– Non.

– Mon frère étudie de nouveaux systèmes économiques. Et il les teste en grandeur nature. C'est sa marotte. Là, par exemple, il a remplacé les billets de banque par des chômeurs. Il prétend que c'est la solution de la crise économique, un remède à la fois pour le chômage et l'inflation. Les commerçants du village sont bien obligés de jouer le jeu…

– Intéressant, apprécia Brossard en se tournant vers celui des billets restants. Vous valez combien, monsieur ?

– 500 francs, répondit l'homme aimablement. Je suis un gros billet.

– Ça, il peut le dire ! renchérit le patron. Qu'est ce qu'il bouffe !

– Parce que c'est vous qui les nourrissez ?

– Oui, c'est ce que veut M. Edmond. Il dit qu'un billet mal nourri perd de sa valeur. Et il faut aussi les coucher ; heureusement que j'ai de la place.

– Dites donc, c'est de l'argent qui revient cher…

– Oui, mais M. Edmond dit que ça stimule la consommation : ça force les riches à dépenser ; et les pauvres aussi d'ailleurs, puisque moins ils ont d'argent et moins ils ont de frais. C'est une tête, M. Edmond, il a tout prévu.

Tout en écoutant la conversation, le comte détaillait l'anatomie d'une jeune coupure de 50 francs assise au milieu de la liasse.

– Et ça vous fait quoi, d'être de l'argent ? demanda Georges aux deux billets les plus proches.

– C'est toujours mieux que de faire la queue à l'ANPE.

– Pendant un mois, ça nous fait des vacances à l'œil. C'est le bon air ici.

– Et puis, depuis que je fais ça, je n'ai plus mauvaise haleine et je ne pue plus des pieds.

– Moi non plus.

– Et pourquoi ?

– L'argent n'a pas d'odeur ! dirent les deux billets en éclatant de rire.

16

Brossard s'approcha de la vitre. Dehors, le frère déshériteur continuait ses courses chez le boulanger et chez le boucher, suivi de son escorte d'argent à pattes. Georges fit un petit signe de tête à Lucic, retint son souffle, prit son élan, sortit du café, marcha résolument vers le minibus et y monta.

– Qui êtes-vous ? demanda le chauffeur.

– Un mandat en espèces, répondit l'intrus, et l'autre n'insista pas.

Quand revint l'économiste fou, et que le minibus s'emplit de menue monnaie, nul ne demanda rien au nouveau passager. Ce dernier se félicita d'avoir vu juste : si l'argent n'a pas d'odeur, il n'a pas de couleur non plus ; personne ne s'amuse à examiner les numéros des billets de son porte-monnaie.

Ainsi, le recouvreur de créances pénétra clandestinement dans la propriété Vaugelas-Fontanelle telle une tirelire de Troie, prouesse périlleuse à en juger par les chiens-loups et les gardes armés qui se baguenaudaient le long des barbelés électrifiés entourant le domaine. À la grille, un gardien en uniforme orné de l'écusson au braquemart d'or jeta un œil dans le minibus et nota sur une fiche, non l'identité, mais la valeur des passagers.

– 200 francs, dit Brossard quand vint son tour. (500, il se serait fait remarquer, et 100, c'était minable.)

Le bus repartit et le passager clandestin ouvrit de grands yeux émerveillés : à chaque tournant du domaine, il éprouvait la sensation de se trouver dans une visite organisée d'Economyland.

Ce fut d'abord un gigantesque hangar dont les portes béantes laissaient voir à l'intérieur des montagnes de fromages de Hollande, des piles de roues d'édam et de mimolette, que des fenwicks empilaient sur d'autres piles. Brossard pensa que le frère du comte se lançait dans l'importation de crémerie pour diversifier sa production vinicole, mais par bonheur, son voisin, un billet de 20 francs déjà ancien, se fit un devoir de le démentir :

– Ça, c'est la préparation de la prochaine révolution économique de M. Edmond. Il va tenter de remplacer l'étalon-or dans l'économie mondiale par du fromage de Hollande.

– Ah ! Et il en attend quel avantage ?

– Ça limiterait de beaucoup les thésaurisations improductives, puisque tout capital-or non réinvesti rapidement deviendrait rassis, fendillé et suintant. Et donc, la valeur des réserves d'or de chaque pays serait tributaire de leur fraîcheur. Sans compter que ça rendrait M. Edmond très populaire auprès des producteurs de fromage hollandais.

– Et ça, qu'est-ce que c'est ?

Un peu plus loin, le visiteur désignait un luxueux bungalow entouré d'un jardin paysager. Derrière les baies vitrées d'une piscine couverte, une demi-douzaine de personnes se prélassaient dans des transats en sirotant des cocktails.

– Ça, c'est une expérience en cours. Ce sont des ingénieurs hautement qualifiés, embauchés à prix d'or. Ça fait six mois que M. Edmond les paie à rien foutre.

– Pourquoi ? Leur travail est annulé ?

– Non ! Ils ont *l'obligation* de rien foutre. M. Edmond veut savoir jusqu'à quand ils vont tenir.

– Et ils tiennent ?

– Ça a l'air d'aller. Ils ont même demandé de l'augmentation.

Après le tournant suivant, des cris de colère et de détresse s'élevaient d'un enclos de barbelés, dans lequel une dizaine d'hommes et de femmes tentaient désespérément d'attirer l'attention, sous l'œil placide de vigiles armés.

– Là, c'est l'inverse, expliqua le billet de 20 francs. M. Edmond voudrait faire travailler ceux-là sans les payer, ni les loger, ni même les nourrir, mais ça ne marche pas, ils ne veulent rien savoir.

Le minibus s'engagea ensuite dans une allée de cèdres au bout de laquelle était dressée une grande tente brodée d'or. Sous des oriflammes claquant au vent, des hérauts moyenâgeux et multicolores encadraient une longue table couverte d'écritoires et d'ornements. Seul au centre de la table, sous l'écu des Vaugelas-Fontanelle, se tenait un ecclésiastique en costume sacerdotal, et à chaque extrémité un cadre en costume-cravate signant des papiers.

– Une autre tentative de M. Edmond, commenta le guide. Il voudrait rétablir le rituel courtois des cérémonies du Moyen Âge pour les transactions financières. Sceaux de cire, contrats bénis, rédigés sur manuscrits de peaux, bref, toute une symbolique qui redonnerait une dimension humaine aux négociations commerciales. Finis, les atermoiements et les manœuvres dilatoires : par exemple, en cas d'impasse, on fait appel au jugement de Dieu.

– C'est-à-dire ?

– Un combat loyal à l'arme blanche entre les deux fondés de pouvoir : le vainqueur impose ses exigences. Avouez que ça a de la gueule, non ?

Quittant l'allée de cèdres pour contourner un petit lac, le minibus freina brutalement. Devant lui, la limousine patronale venait de stopper au milieu de l'allée, dans un crissement de pneus.

– Que se passe-t-il ? s'inquiéta Brossard en écarquillant les yeux.

L'arrêt était dû à une demi-douzaine d'employés en bleus de travail qui avaient brutalement surgi devant le convoi. Un costaud à la mine décidée ouvrit la portière de la vieille Américaine d'un geste rageur, tandis que ses compagnons barraient la route, jambes écartées, bras croisés et menton farouche.

– Hé, toi ! L'aristo de mes deux ! fit l'homme. Ça fait deux jours qu'on te cherche et ça commence à nous courir !

– Ouais ! criait un autre type du barrage. On en a marre de cavaler au cul de Monsieur ! Faudrait voir à nous respecter !

Brossard roula un regard effaré vers son voisin qui suivait la scène avec un vague intérêt.

La voix pointue de M. Edmond sortit de l'auto :

– Messieurs, vous me voyez désolé. J'ai eu des obligations, mais je peux vous recevoir immédiatement à mon bureau…

– Non, il pue, ton burlingue ! dit le baraqué. On va régler nos comptes tout de suite !

– Puis on en a ras la théière de tes trucs de cinglé, c'est pas une vie ! renchérit un autre.

– Messieurs, si vous voulez une augmentation de salaire…

– Et comment ! On veut un triplement de salaire !

– Non, Riton, on avait dit un quadruplement, rectifia son camarade.

– Ah ouais ! Un quadruplement ! T'as compris, enfoiré ?

– Du calme, messieurs. Je vais en donner l'ordre tout de suite à la comptabilité, dit le propriétaire.

– Et c'est pas tout ! On veut aussi sauter tes bonniches !

– Ouais ! Surtout la pimbêche de la lingerie qui tortille du cul sous notre nez avec ses airs de sainte-nitouche !

– Eh bien, messieurs, je leur ferai part de vos désirs… Est-ce tout ?

– Non ! On veut du champagne frais à la pause ! Y en a marre du tiède !

– Oui ! Et des armoires de vestiaire de style Louis XV ! Avec de la moquette à l'intérieur ! Pourquoi on y aurait pas droit aussi ? Faudrait quand même pas se foutre de notre gueule !

– C'est noté, messieurs. Ce sera fait demain.

– Y a intérêt ! Et on veut une bagnole de fonction chacun, faut pas nous prendre pour des cons !

– N'en avez-vous pas déjà une ?

– Ben on en veut deux !

– C'est d'accord. Autre chose, monsieur Riton ?

Le baraqué consulta du regard ses acolytes en se grattant la tête. Tous semblaient réfléchir avec des airs malheureux.

– C'est tout, vous autres ?

– Ben… heu… oui…

Il s'adressa au patron avec un regain de vigueur :

– C'est tout pour le moment, mais on va encore réfléchir !

– Ouais ! Faut pas qu'il se croie quitte, le fada ! Qu'il s'imagine qu'on peut nous baiser comme ça !

À contrecœur, ils laissèrent repartir la grosse voiture.

– C'est la Délégation syndicale terroriste sado-maso, consentit enfin à expliquer le billet de 20 francs. Ils font la loi, ils ont tous les droits, toutes leurs revendications sont acceptées dès qu'ils les formulent. Ils sont d'ailleurs embauchés pour ça. M. Edmond veut savoir jusqu'où leurs exigences pourront aller.

– Et alors ?

– Vous avez vu ? Ils commencent à peiner. C'est l'imagination qui les trahit : ils ne savent plus quoi revendiquer. M. Edmond les aura à l'usure. Mais vu comme ils lui causent, on le soupçonne d'en tirer un certain plaisir…

Le convoi traversait un petit bois de mélèzes, sombre et odorant, pour déboucher dans une allée de peupliers centenaires, au bout de laquelle s'élevait le château comtal, en haut d'une légère éminence.

– Mais comment connaissez-vous tout ça si bien ? chuchota Brossard à son voisin. Vous êtes journaliste ?

– Oh non ! Surtout pas ! Si un étranger était pris à espionner ici, il se ferait passer à tabac ! Même les gendarmes lui tomberaient dessus ! Pensez donc ! M. Edmond est peut-être excentrique mais il fait vivre toute la région !

À l'approche du château, le convoi se sépara. L'Hudson prit la direction du perron, tandis que le minibus s'engageait dans une cour privée.

– On dort dans un coffre-fort ? demanda Georges.

– Non, dans les anciennes écuries…

Tandis que le minibus s'arrêtait et que les billets en descendaient, Brossard posa une dernière question :

– Mais comment votre patron ne s'est-il pas ruiné avec des lubies aussi onéreuses ?

– Oh, attention ! dit l'autre. M. Edmond est peut-être fou, mais il n'est pas fou. Vous pensez bien que le patrimoine industriel des Vaugelas-Fontanelle n'entre pas là-dedans ! Lui, il est géré tout ce qu'il y a de plus normalement !

– Aaah bon, fit Brossard, soulagé. (Puis, il soupira en s'extrayant du véhicule :) Si j'avais eu ses moyens pour mener mes propres recherches…

Il n'eut pas le temps d'achever. À peine avait-il posé le pied sur le pavé qu'une poigne vigoureuse s'abattit sur son épaule. Trois vigiles en uniforme l'encadraient. Celui qui avait l'air d'être le chef dit :

– Vous ! Suivez-moi.

Plus loin, le billet de 20 francs qui lui avait fait des confidences essayait de se fondre dans la liasse de ses camarades, épouvanté.

Les trois cerbères conduisirent sans ménagement leur prise à travers les couloirs de service du château. Après l'ouverture d'une porte dérobée, le prisonnier se trouva projeté au milieu d'une somptueuse salle de chasse, lambris obscurs et cheminée de marbre, au détail près que les trophées exposés entre les tentures étaient des contrats, des organigrammes, des règlements de sociétés anonymes, des reproductions de camemberts à pourcentages et des procès-verbaux d'OPA victorieuses. Vêtu d'une robe d'intérieur, le frère du comte contemplait le soleil couchant par la fenêtre, une tasse de verveine à la main.

– C'est un faux billet, monsieur Edmond ! dit le chef des vigiles en poussant sa capture d'une bourrade.

Le Jean Rostand de l'économie tourna à peine la tête.

– Comment l'avez-vous repéré ? susurra-t-il.

– Il n'est pas chômeur, celui-là ! Je les repère à l'odeur. Et puis il posait trop de questions.

– C'est bien, Sébastien, dit le maître des lieux avec un léger soupir. Allez demander un supplément de gaufrettes à la cuisine.

– Avec des phrases humoristiques, monsieur Edmond ?

– Mais bien sûr, Sébastien.

– Oh, merci, monsieur Edmond !

Les yeux brillants, il s'esquiva en courant et laissa sa proie entre les deux gardiens muets. Le châtelain posa sa tasse et s'approcha, les mains dans le dos.

– Que fait-on d'un faux billet ? Généralement, on le brûle. Ou on l'encadre, s'il est très bien réalisé…

Le châtelain scruta le captif avec des yeux de goéland maniaco-dépressif.

– Et on ne peut pas dire que ce soit votre cas.

– Écoutez…, commença Brossard.

– Je classe les importuns qui m'espionnent en quatre catégories. Les curieux naturels, les moins méchants. Les curieux professionnels, journalistes et enquêteurs, sale engeance. Les espions envoyés par les économistes rivaux pour me voler les résultats de mes expériences, les plus dangereux…

Il s'approcha encore plus de son prisonnier.

– Mais les pires de tous, ceux dont je n'ai aucune pitié, ce sont les cafards envoyés par mon frère Gaston pour me dépouiller.

– Écoutez…, dit encore Brossard.

– J'ai dans les caves de ce château un attirail très performant, installé par mon aïeul Tristan, juge de l'Inquisition, et parfaitement entretenu par ma libidineuse famille pour ses orgies dégoûtantes.

– C'est moi. J'avoue…

– J'en étais sûr ! explosa Edmond. Ce monstre est insatiable ! Ô maudit, je vais t'annihiler !

– Mais je n'ai rien contre vous ! Ça n'a rien de personnel ! Je vous jure ! J'admire vos recherches ! J'ai fait ça pour de l'argent !

– Ça aggrave ton cas, régicide ! L'argent, c'est noble, c'est beau, ça a une âme, une sensibilité. Tu salis l'argent ! Les blattes comme toi déshonorent l'échange de la valeur, raison de vivre de l'humanité…

Les bajoues tremblaient, les yeux fiévreux tressautaient dans leurs orbites, les pans de la robe de chambre virevoltaient, la colère montait en chandelle. Et soudain, la bouche ouverte, dressé sur la pointe des pieds, le bras vengeur pointé vers le plafond, le châtelain s'immobilisa, puis se calma en un éclair.

– Mais j'ai changé d'avis, dit-il.

Il reprit sa tasse de verveine et se replongea dans la contemplation du crépuscule.

– Je vais rendre à Gaston la part de l'héritage que le tribunal lui a attribuée.

– Hein ? hoqueta Georges.

– Donnez-moi vos papiers, que je les signe.

Comme l'autre restait immobile, M. Edmond lui jeta un regard de mépris agacé.

– Vous n'attendez tout de même pas que je vous circonstancie mes raisons…

– Non. Non, non, non, bredouilla Georges en fouillant fébrilement dans ses doubles poches.

Pourtant, au dernier moment, Georges craignit que son triomphe ne fût bêtement compromis. Des éclats de voix jaillirent du couloir, et la porte explosa plus qu'elle ne s'ouvrit, pour laisser passer la délégation syndicale. Conformément aux ordres reçus, les gardiens restèrent impassibles.

– Enflure ! criait le camarade Riton. Tu croyais nous entuber ! Mais ça va pas se passer comme ça ! Buveur de sang ! Exploiteur !

Le châtelain posa sa tasse.

– C'est à quel sujet ? demanda-t-il.

– Depuis quand ton flic en chef a droit à un supplément de gaufrettes et pas nous ?

– Ouais ! Et avec des phrases humoristiques, en plus ! Salaud !

– Désolé, messieurs, dit Edmond. M. l'intendant vous donnera autant de gaufrettes que vous le désirez…

– Y a intérêt !

– Et te crois pas quitte pour autant, charogne !

La délégation resta un moment les bras ballants. Riton lorgna le nouveau venu en fronçant les sourcils.

– Qui c'est, celui-là ?

– Un visiteur, murmura Edmond.

– C'est pas un type des syndicats jaunes, au moins ?

– Ou un social-traître qui ferait de la surenchère ?

– Non, messieurs, c'est un ami de mon frère.

Riton n'insista pas et sortit de la salle en couvant l'intrus d'un regard suspicieux.

17

Le succès du cabinet Brossard dans l'affaire Vaugelas-Fontanelle eut un considérable retentissement dans le petit monde des chasseurs de dettes, et si d'ordinaire les milieux d'affaires restent assez indifférents à l'univers sulfureux des mauvais payeurs et de leurs déboires, la nouvelle surprenante qu'un type avait réussi à faire craquer le cintré de Bordeaux eut un écho indéniable dans le vaste monde de la haute finance. C'était là précisément le bénéfice prévu par Lucie, l'affaire elle-même ne rapportant pas un centime au cabinet (le comte, après avoir longuement et chaleureusement et sincèrement remercié son sauveteur pour son exploit, et sincèrement et chaleureusement et longuement remercié Lucie pour lui avoir amené ce virtuose, s'aperçut que seul le roi de France pouvait accorder à un roturier le titre de chevalier, mais en compensation, il assura Brossard qu'une fois la monarchie dûment rétablie en France dans ses droits et privilèges il ne ménagerait ni son appui ni son influence à la cour pour obtenir le blason promis).

Moyennant quoi, le vieil aristocrate, redoutable public-relations, vanta aussitôt les qualités inouïes de son sauveur d'héritage (et surtout ses tarifs) à ses amis et connaissances. Quelques jours plus tard, le bureau du XIXe était assailli de coups de fil étourdissants de prestige, et de courriers à en-têtes vertigineux : P-DG, financiers, magistrats, investisseurs, vedettes, nobliaux, agents de change, producteurs, ex-ministres, entrepreneurs, tous rappliquaient, stimulés par l'espoir renaissant de récupérer quelques miettes ou même plus dans une douloureuse affaire où ils croyaient avoir tout perdu.

Et ça tombait mal, parce que le cabinet du XIXe était secoué au même moment par une onde de choc d'une importance autrement remarquable : Mlle Mititei faisait les peintures.

Il avait fallu toute l'obstination de M. Georges, ainsi que sa foi dans les vertus curatives d'une telle activité, pour que la secrétaire acceptât de se compromettre avec un liquide qui n'était certes pas de l'eau, mais liquide tout de même. Enfin, après que son patron lui eut démontré, formule chimique en main, que rien, dans la molécule de peinture acrylique, n'approchait de près ou de loin une molécule d'eau, même si quelques ions hydrogène et oxygène se baladaient aux entournures, Thérèse avait entrepris d'étaler sur les turbidités murales décennaires un jaune pastel, mode et électrique, et ce sans déplacer le moindre meuble ni objet. Ces derniers se retrouvaient donc jaunes impitoyablement s'ils avaient la malchance d'être placés sur son chemin.

Ce soir-là, quand Brossard arriva, le téléphone sonnait pour la trente-cinquième fois de l'après-midi. Il contempla le décor avec une perplexité proportionnelle à son ignorance pour ce genre de travaux, tandis que sa secrétaire descendait pour la trente-cinquième fois de l'escabeau jaune afin de décrocher le téléphone jaune. Il chercha un endroit pour poser son chapeau ailleurs que sur le portemanteau jaune, tandis qu'elle répondait :

– Bonjour. Le cabinet Brossard est actuellement en travaux, mais vous pouvez laisser un message après le top sonore.

Au bout du fil jaune, c'était le harceleur pornographique, pas content que le téléphone soit toujours occupé.

– Je suis désolée, dit Thérèse. On a beaucoup de travail… Dépêchez-vous, je suis occupée. C'est quoi aujourd'hui ? Oh ?… C'est bien le jour ! Tout ça ? Les deux dans la bouche ? Ben vous êtes souple… Et combien de doigts, vous dites ? Oh non !… Qui, moi ? Ben pareil que ma collègue, comme d'habitude, quoi… C'est ça, juste un porte-jarretelles… Jaune hi hi… En cuir clouté, bien sûr, cette question ! Bon, ça y est ?… Alors à demain.

Elle raccrocha en pouffant et sembla s'apercevoir alors de la présence de son patron. De l'entendre rire, celui-ci en était jaune de surprise.

– Ah, vous êtes là, vous ? dit-elle. Ben c'est pas trop tôt… Qu'est-ce qui vous arrive ? Pourquoi vous me regardez comme ça ?

– Pourquoi vous ne branchez pas le répondeur que nous avons acheté ?

Elle haussa les épaules, en grommelant qu'elle ne savait pas s'en servir, remonta sur son escabeau, et dit : « Vous avez reçu tout ça de messages depuis ce matin, ils sont sur le bureau », en désignant de son pinceau la couche de peinture jaune sous laquelle se trouvaient messages et bureau. Puis elle montra un autre tas plus loin, aussi jaune mais plus sec :

– Et ça, c'est le courrier.

Georges s'arracha à la contemplation du décor et de son occupante pour rapatrier le courrier dans son attaché-case. Il s'apprêtait à repartir, mais avant qu'il ait pu atteindre la porte, son employée s'arrêta de peindre et le rappela : le petit carré verdâtre bilieux qu'elle achevait de recouvrir à grands coups vengeurs bénéficia d'un sursis équivalent.

– Il y a aussi deux types qui sont passés ce matin très tôt. Des drôles de types.

– C'est-à-dire ?

– Ni l'air de clients, ni l'air de vengeurs. Ils ont dit qu'ils repasseraient.

La petite sonnette d'alarme du coin de la tête, couramment utilisée dans les romans, ne faillit pas à sa mission. Mais elle tinta dix-sept fois de suite, histoire de se distinguer des autres à tout prix.

– Notre changement de clientèle n'implique pas le changement de nos consignes de sécurité, dit Georges en montrant la porte béante.

– Faut bien que les odeurs partent, non ? Et puis je peux pas tout faire, répondit-elle, hargneuse. L'accueil et les peintures. D'ailleurs, vous m'avez peut-être convaincue que la peinture acrylique n'était pas aquatique, mais pas que son usage faisait partie de mes fonctions.

– Vous vous en tirez merveilleusement, dit-il en fixant le carré verdâtre moisi qui implorait pitié.

– En tout cas, comptez plus sur moi pour faire le garde du corps. Après tout, vous avez embauché une stagiaire ! Virtuose ou pas, elle pourrait respecter ses horaires, tout de même.

Le patron n'osa pas dire que Lucie et lui s'étaient accordé trois jours de vacances.

– Elle n'est plus stagiaire. Elle est embauchée à plein temps.

Il fit un bref salut et quitta les lieux. Thérèse se retourna en ricanant vers le dernier carré de l'ancienne peinture et celui-ci fit sa prière.

Il n'avait pas été en boîte depuis vingt ans. Jeune, il avait connu le rock, mais pas les lasers, les basses compressées, le rap, la dance music et les battements électroniquement métronomés, le tout au seuil de cent trente-cinq décibels, juste inférieur à celui de la douleur. Sa surprise fut à la mesure du changement. Par bonheur pour ses tympans et son moral, Lucie, miséricordieuse, avait choisi un établissement où plusieurs alcôves éloignées de la sono permettaient d'échanger quelques mots en hurlant raisonnablement. Une fois casé son compagnon devant une bouteille de champagne, elle courut danser trois heures d'affilée, pendant que, seul face aux ricanements de ses voisins, celui-ci tentait de tirer du spectacle de la jeunesse moderne et trépidante des enseignements durables sur le temps qui passe et qu'il ne faut pas laisser filer dans l'indifférence.

Quand elle revint, trempée et exténuée, dégageant une odeur de sueur plus douce que les vapeurs des narguilés de Byzance, il poussa vers elle son verre de champagne éventé en criant :

– Croyez-vous que vous puissiez réellement avoir un don ?

– Pour la danse ? cria-t-elle.

– Non, pour récupérer l'argent !

Elle cria qu'elle ne comprenait toujours pas. Il lui cria que tous les types qu'elle avait été voir avaient payé. Et que ces dernières semaines, après le coup d'éclat du Bordelais, les quinze grosses affaires qui leur avaient été confiées avaient toutes été des succès, si faciles que c'en était inexplicable.

– Mais dans toutes celles-là, j'y suis pour rien, cria-t-elle. C'est vous qui vous en êtes occupé !

– Sous votre direction ! Je n'ai pas connu un seul échec depuis que vous êtes arrivée !

Elle réfléchit, puis dit :

– C'est vrai. C'est à se demander…

– Quoi ?

Elle cria :

– C'est vrai ! C'est à se demander ! Mais pourquoi vous me parlez de ça maintenant ?

– Hier ! J'étais seul au bureau ! Un type est venu m'apporter de l'argent !

– Et alors ?

– Il n'en devait pas !

– Mais pourquoi ?

– Quand j'ai voulu l'interroger, il s'est enfui !

Elle haussa les sourcils sans cesser de se trémousser sur la musique et cria :

– C'était une erreur ! Ou un fou !

– Peut-être. Mais c'était le troisième ! Et il y avait ça au courrier ce soir !

Ça, c'était un chèque et une lettre qu'elle déchiffra à la lumière des stroboscopes :

« Cher Monsieur. Ayant appris vos fulgurants succès en matière de règlements des dettes, je me permets de vous faire parvenir ci-joint ce chèque de un million de francs, en règlement de mes dettes futures. En effet, audacieux en affaires et doté d'un caractère dépensier et frivole, il ne fait nul doute que je vais

accumuler dans l'avenir de honteuses créances que vous voudrez bien rembourser. En vous remerciant, etc., etc. »

– Quoi ? cria Lucie.

– Je dis : c'est pas normal ! J'ai l'impression qu'il va se passer des choses.

18

C'était un soir de paix, alors que dans l'appartement de Vincennes la jeune fille et le veuf plus tout jeune passaient une soirée tranquille. Lucie était assise par terre, au milieu du bureau cuirassé, vêtue d'un peignoir rose tyrien fluo à bandes bleu turquoise, en tailleur, sur le tapis usé jusqu'au plafond du voisin, au milieu d'un cratère de lettres dépliées. De temps en temps, elle changeait de lecture en picorant une autre missive sur les flancs du cratère, de temps en temps, elle riait, de temps en temps, elle y allait d'un commentaire, très fort pour surmonter les hurlements d'un jazz-rock funky qui partaient du salon en secouant tout l'appartement, et la bouche pleine parce qu'elle mangeait un sorbet au cassis. L'impossibilité de faire les deux à la fois sans envoyer une averse de postillons violets sur sa lecture la faisait rire encore plus.

À quelque distance, assis sur le long établi qui avait été débarrassé de son fatras de cahiers, son hôte se contentait de l'admirer en silence, les yeux humides d'attendrissement. Lui, il suçotait, avec des mines de rosière gourmande, une pizza congelée non décongelée. Chaque morceau arraché avec effort ramollissait dans sa bouche à son plus grand délice.

– Ah hehui-là, hi ha hort ! héhaha-t-elle.

Elle crut s'étouffer de rire et parvint à déglutir.

– Celui-là, c'est un marrant… Tenez-vous bien : il veut vous faire récupérer une dette morale !

– Comme c'est poétique… Et pourquoi pas, après tout ?

– Écoutez ça : Cher monsieur gna gna gna. Ah : « Mon mariage heureux et amoureux a été rendu possible il y a vingt ans par l'abnégation morale et le sacrifice sentimental de mon cousin. Il a accepté de me laisser épouser Louise, sa fiancée, et, pour que je la rende heureuse, il m'a donné aussi son travail et sa maison. Bref, je lui dois mon bonheur actuel plein de rires et d'enfants. Or, mon cousin est actuellement atteint d'un cancer, il agonise dans la douleur et la solitude. C'est pour moi le moment ou jamais, direz-vous, de payer ma dette en lui apportant soutien et réconfort durant ses derniers instants. Mais voilà : je ne peux pas. Je ne pourrai jamais supporter de rester une seconde à côté d'un moribond râlant et scrofuleux, à écouter ses lamentations insupportables et ses gémissements horripilants, sans parler des promesses délirantes qu'il faut faire, voire des confessions ultimes qu'il faut se farcir. Le meilleur service qu'on puisse rendre à un tel déchet humain serait encore d'abréger ses souffrances, mais le Code actuel ne le permet pas. C'est pourquoi si vous acceptiez de vous charger de cette assistance en mon nom (qu'il faudra prononcer souvent, il est moribond mais encore conscient), je vous paierai la somme que vous estimerez adéquate (en francs suisses, je suis suisse). »

– Le cas est intéressant, il faudrait l'archiver.

Elle sauta par-dessus le bord du cratère avec un mouvement de danse accordé au rythme à dix-sept temps syncopés.

– À propos, monsieur le chercheur, dit-elle en pointant un doigt qu'il eut aussitôt envie de sucer, votre grand Œuvre n'avance pas beaucoup en ce moment. C'est pourtant pas la matière qui manque.

Brossard, songeur, léchait un anchois comme un Esquimau.

– Vous croyez ?

Elle fit mine de fouiner dans le tas de cahiers posés par terre.

– Oui. Je ne vous vois pas souvent travailler. L'Œuvre de votre vie aurait-elle moins d'importance, subitement ?

– Hein ? Euh… Non, non. Je vais m'y remettre. Ce monde est si nouveau, si… Je ne le voyais pas comme ça et…

À cet instant, on sonna, et tous deux sursautèrent : Lucie à cause de la violence de la sonnette, Georges parce que, depuis dix ans, tout coup de sonnette intempestif et tardif était synonyme d'emmerdements.

Cette fois, il se rassura. Il ne pouvait s'agir que des voisins pas encore habitués au jazz-rock, pas plus qu'à la chaîne laser 2 x 60 watts achetée la veille en même temps que le frigo-congélateur. Et comme il n'avait pas envie d'échanger le moindre mot avec aucun propriétaire préfixé « co », il eut le tort d'y déléguer Lucie.

– Vous les envoyez se faire mettre et, au passage, vous augmentez le volume, avait-il recommandé.

Lucie, qui, à l'inverse, avait eu l'habitude de ne recevoir les visiteurs qu'amicaux, négligea même de regarder par l'œilleton, tira les trois verrous, ouvrit et poussa un cri.

Brossard avala de travers une olive congelée et son noyau, sauta de l'établi en se maudissant une fois de plus pour son imprudence et écouta les voix qui venaient du corridor.

Il entendit :

« M. Brossard Georges François Samuel ? » demandé par une voix si administrative qu'elle avait l'air de se dupliquer elle-même en trois exemplaires, suivie d'une autre voix du même acabit, en plus méchant et en plus énervé :

– Eh ! Mais on la connaît, celle-là ! C'est la petite salope qui nous a entubés, l'autre jour, avec le cureton barjot ! Qui nous a fait passer pour des cons devant tout le service !

– Tais-toi, dit la première voix.

Certainement parce qu'il en avait frôlé le titre, une incoercible pulsion chevaleresque s'abattit sur Georges. Il renonça à se cacher derrière la plaque de blindage et, jaillissant dans le corridor, se retrouva devant les deux flics qu'il avait déjà rencontrés chez le pseudo-cardinal.

– Me voici, dit-il avec la voix grave de Jean Valjean interprété par Harry Baur.

– Inspecteurs Lacoque et Rougemont. On se connaît, il me semble, dit le moins méchant des deux flics (Rougemont, donc, s'il respectait la préséance de courtoisie). Vous êtes prié de nous suivre.

– Vous avez un mandat d'arrestation ?

– Non. Nous agissons sur commission rogatoire spéciale mandatée en procédure d'urgence par une ordonnance de référé à surseoir.

– En clair : t'es cuit, charognard…, dit le méchant (Lacoque, subséquemment).

– Vous savez, j'ai beaucoup changé, observa Brossard.

– Et compte pas sur la classe biberon pour te tirer de là, cette fois-ci, continua le méchant en mitraillant Lucie du regard (et en clignant les yeux à cause des couleurs du peignoir).

– Bon, on y va ? dit l'autre flic.

Georges repartait vers son bureau pour prendre ses lunettes, lorsque Lucie s'écria :

– Eh ! Un instant ! C'est la nuit ! Vous avez pas le droit d'arrêter les gens entre le coucher et le lever du soleil !

– Oh ! Mais c'est qu'elle fait du droit, la renoncule ! siffla le méchant. On va lui donner des cours du soir !

– Au contraire, mademoiselle, le coupa le moins méchant. À la section spéciale de la brigade financière, les interpellations se font obligatoirement la nuit.

– Laissez tomber, Lucie, dit Georges, je me débrouillerai bien tout seul.

– Mais non ! La petite, elle vient aussi ! précisa Lacoque avec une joie mauvaise.

– Comment ? Mais…

– Assez causé, reprit l'autre. On a pas que ça à foutre. Vous vous habillez et vous nous suivez, tous les deux.

La voiture des deux policiers prit la direction du centre de Paris en empruntant les quais de la Seine. Mort d'inquiétude, l'interpellé tenta sans conviction de poser quelques questions, puis abandonna très vite. Même Lacoque avait cessé ses sarcasmes. Il se taisait, boudeur. Au pont d'Austerlitz, ils passèrent sur la rive gauche et continuèrent à suivre le fleuve. Pour calmer ses nerfs, Georges énumérait les possibles destinations et, quand la voiture ralentit devant son terminus, il avait à peu près envisagé toutes les hypothèses, sauf la bonne, bien sûr : ils roulaient sur les quais à la hauteur du Louvre, lorsque Rougemont mit son clignotant à gauche et s'engagea sous le porche vénérable de l'hôtel de la Monnaie.

– C'est là, votre brigade ? s'étonna le passager, alors que le gardien levait la barrière.

– On va visiter une expo, daigna répondre Rougemont.

– À cette heure-ci ?

– C'est ouvert en nocturne.

Et c'était vrai : dans la cour que traversa la voiture, des oriflammes éclairées par des projecteurs annonçaient l'ouverture tardive du musée de la Monnaie, lequel occupe dans l'hôtel du même nom des locaux contigus aux ateliers de fabrication des pièces et médailles.

– L'avantage, à cette heure-ci, c'est qu'il n'y a personne, dit Rougemont en descendant de la voiture. Par ici.

C'était vrai aussi. À l'entrée du musée, un gardien sommeillait derrière son comptoir ; à l'arrivée des visiteurs, il usa avec virtuosité d'un strabisme divergent : l'œil gauche les regardait approcher, le droit était fixé sur la pendule. Rougemont montra sa carte de fonctionnaire qui donnait droit à des entrées gratuites.

– Ces messieurs-dames ont leur carte, aussi ? demanda le gardien en désignant Lucie et Georges.

– Non, mais ils sont avec nous.

– S'ils n'ont pas de carte, ils doivent payer.

Rougemont poussa un profond soupir et paya deux places entières à 20 francs chacune sous les yeux du couple de plus en plus effaré.

Ils entrèrent dans le musée numismatique. Traversant des salles désertes qui renvoyaient l'écho de leurs pas, les deux policiers entraînèrent leurs invités au pas de charge entre des vitrines où des éclairages savants et tamisés arrachaient des reflets pathétiques à de respectables bouts de métaux. Après la troisième salle, Rougemont stoppa la colonne et montra à Georges une porte ouverte à l'extrémité d'un couloir.

– Et dans cette salle-là, il y a encore moins de monde, dit-il. Je vous en prie.

Il était de plus en plus poli, son collègue de plus en plus muet, et Lucie trouvait ça de plus en plus effrayant. Elle frissonna quand Rougemont les invita à continuer seuls : les deux flics n'allaient pas plus loin. Circonspects, le redresseur de comptes et sa secrétaire se dirigèrent vers la porte à pas lents. Sur le battant, un écriteau indiquait : « Tératologie de la Monnaie », avec, en dessous, destiné à ceux qui ne portent pas toujours un dictionnaire sur eux : « Pièces monstrueuses et insolites. »

La salle ressemblait exactement aux précédentes, à un détail près : il y avait un visiteur. Mais les arrivants ne le virent pas tout de suite dans la pénombre ambiante, c'est le bruit de ses pas sur le parquet grinçant qui les fit se retourner. Ils se retrouvèrent face à un quinquagénaire racé, en costume clair et élégant, fines lunettes posées sur un nez grec, la peau soignée et le crâne dégarni, qui leur adressa un radieux sourire.

– Merci d'être venus, dit-il en s'inclinant. Pas grand monde, à cette heure-ci, hein ?...

Georges se passa la main sur le menton et contempla les coffrages du plafond.

– Et c'est pour remplir vos quotas de visiteurs, que vous nous avez fait venir comme ça ?

L'homme accentua son sourire.

– Excusez-moi. J'ai dû organiser cette mise en scène pour que notre rencontre reste indécelable à des yeux extérieurs. C'est également la raison pour laquelle je préfère vous recevoir dans ce lieu public peu fréquenté par ledit public. Ici, personne ne pourrait se douter de notre entrevue.

– Qui êtes-vous ?

L'homme se tourna vers la vitrine voisine où étaient exposées les monnaies cubiques de Sumatra. Il avait la voix onctueuse de ceux qui ont l'habitude de commander sans jamais donner d'ordre.

– Mon nom ne vous dirait rien. Disons que je suis un haut fonctionnaire, serviteur de la République française, et que je suis en mission officieuse. Si d'aventure un véritable visiteur survenait, voudriez-vous bien faire semblant de regarder les vitrines ?

– Mais pourquoi tant de mystère ?

– Parce que je dois vous entretenir de choses sensibles, et qu'il serait fâcheux que notre entrevue parvienne à certaines oreilles.

– Je ne comprends pas.

Le distingué fonctionnaire se détourna d'un buste en cuivre (pièce de 1 denier mise en circulation sous Frédéric V, lequel ne supportait pas de voir son effigie en deux dimensions) ; il détailla son invité en prenant son temps.

– Cher monsieur Brossard, votre réputation de chasseur de dettes est assez récente, et néanmoins remarquable. Voyez-vous, l'écho de vos prouesses est parvenu en haut lieu, et la rumeur est tombée dans l'oreille de gens haut placés dans l'administration financière…

Il se plongea dans la contemplation de l'écu bade-wurtembergeois du XVIIe (involable, infalsifiable, il mesurait trois mètres trente de diamètre sur quarante centimètres d'épaisseur, pesait dix-sept tonnes et pouvait servir de plateau de table. Mais de circulation difficile, il n'a été frappé qu'à un exemplaire).

– Nous nous trouvons confrontés depuis plusieurs années à un problème délicat, lequel devient dramatiquement aigu en ce moment. Nous avons tenté bien des remèdes, envisagé bien des solutions, sans succès. La situation est si désespérée que nous nous trouvons dans une impasse. L'un de nous a suggéré de recourir à vos services.

– À moi ?

Georges se pencha pour lire l'étiquette d'une étagère entièrement vide :

« Pièces percées du Pérou (fin XIXe). Sous le coup d'une pénurie de métal, le gouvernement péruvien, à l'instar de certains pays d'Europe, perça des trous au milieu des centavos pour économiser l'alliage. Dans la collection très rare ci-dessus, qui date des économies les plus drastiques, le trou des pièces est égal à leur diamètre. »

– J'ai enquêté sur vous : vos succès récents sont troublants. Si vous êtes vraiment infaillible pour recouvrer les dettes, toutes les dettes, vous pourriez peut-être nous aider. Mais quelle que soit votre réponse, monsieur Brossard, ma démarche devra rester secrète.

– Et de quoi s'agirait-il ? demanda Georges, la bouche un peu sèche.

– De récupérer la dette du tiers monde.

Lucie s'assit sur un dollar-fauteuil de Tonga, et Brossard se tourna lentement vers le fonctionnaire.

– Je crains que ce ne soit un peu gros pour mes épaules, dit-il.

– Le gouvernement et les grandes banques européennes ne savent plus vers quelle issue se tourner, monsieur Brossard ! Nous sommes pris à la gorge par la crise, maintenant, nous avons besoin de tout l'argent que nous avons prêté à ces gens-là, et plus moyen de leur faire rembourser !

– Faites comme d'habitude : prêtez-leur de quoi vous rembourser les intérêts des prêts précédents.

– Oui, mais pour cela, nous devrions nous-mêmes contracter un prêt, prêt qui ne pourrait être garanti qu'avec les futurs remboursements de nos débiteurs. Par quelque bout que l'on prenne le problème, ils doivent au moins commencer par rembourser quelque chose.

– C'est drôle, dit Georges. J'ai toujours cru que les prêts au tiers monde étaient des dons déguisés pour ménager les susceptibilités.

– Donner, c'est donner ; prêter, c'est prêter, dit l'homme sentencieusement en examinant un prototype de rouleau de pièces à débiter soi-même à la scie à métaux.

– Mais presque tous les pays du tiers monde ont une dette monstrueuse ! objecta Georges.

– Vous ne seriez pas forcé de les attaquer tous à la fois.

Il se perdit dans la contemplation des pièces molles de Kiribati. L'homme lui posa la main sur l'épaule.

– Écoutez, monsieur Brossard. Puis-je vous appeler Georges ? La République a besoin de vous. La France a été bonne pour vous, soyez bon pour elle. Ce n'est pas un travail qu'on vous confie, c'est une mission sacrée, le couronnement de votre carrière. Songez que ce que vous allez accepter, aucun de vos collègues ne l'a jamais approché, même dans ses rêves les plus fous. C'est la consécration suprême pour un recouvreur de créances, Georges, le Saint-Graal du contentieux professionnel ! Vous ne pouvez pas refuser…

– Et où serait notre premier client ?

– On pourrait prendre un petit pays, avec une dette toute récente pour commencer. J'ai ça, en Afrique. Votre prudence et votre délicatesse feront merveille. Bien entendu, tous vos frais seront payés, avec le défraiement d'avance. Mais là-bas, vous et mademoiselle serez seuls. En cas d'issue favorable, nous ne serions pas ingrats.

– Et en cas d'échec ?

– Nous affirmerions ne pas vous connaître, c'est évident. Vous imaginez un peu le scandale, si ça se savait ? Nous passerions pour quoi ?

Georges Brossard bomba le torse.

– D'accord.

– Super ! On va faire du tourisme ! cria Lucie.

19

Dans une chaleur suffocante, l'agent occulte de la République française infusait sur l'aéroport de Bambara, à l'ombre d'une pyramide de bidons. En compagnie d'une quarantaine de passagers, Noirs pour les trois quarts, le couple attendait son tour pour remplir les formalités d'entrée. Le bâtiment principal de l'aéroport avait été détruit par l'artillerie rebelle lors du précédent coup d'État, et les passagers étaient désormais accueillis sous un abri de tôle ondulée. Au-delà des grillages, à travers l'air qui vibrait tellement dans la chaleur qu'on aurait dit du verre cathédrale, s'étendaient les faubourgs de Bambara, capitale du Mosso-Bolosso, République d'Afrique équatoriale qui concourait sans succès depuis dix ans pour la place du pays le plus pauvre du monde, mais devait se contenter du douzième rang, malgré tous les efforts des militaires alternativement réguliers et rebelles.

Lucie, elle, paraissait très à l'aise, un petit corsage à fleurs noué au-dessus de son nombril délicieux, offrant juste ce qu'il fallait de ses seins délicieux au soleil prometteur, ses fesses délicieuses prises dans un gigantesque short de l'armée des Indes, ses yeux délicieux protégés par des lunettes de soleil mauves, ses cheveux délicieux couverts d'un chapeau de brousse mauve, attaché par un léger foulard de tulle transparent. À côté d'elle, Georges ressemblait à une moule avariée cuite par erreur, et l'apparition de Lucie en tenue tropicale, qui venait de se changer dans les toilettes de l'avion, n'arrangeait rien. Elle avait absolument tenu à ce qu'il achète un casque colonial avant de partir, il avait résisté, cédé, puis avait refusé de le coiffer jusqu'à ce qu'il s'aperçoive que les autochtones en portaient presque tous avec une joie maligne et que, vu l'agressivité de l'énergie solaire locale, il se serait coiffé de n'importe quoi, boîte à chaussures ou cornette de bonne sœur. Entre deux tartinages de crème à bronzer, sa compagne relisait une dernière fois les documents secrets donnés par Onc' Picsou (c'était le nom de code auquel leur recruteur avait tenu). Comme l'atelier des dispositifs d'autodestruction de documents à la DGSE était en grève au moment de leur départ, Onc' Picsou avait jugé préférable de leur donner des documents qui n'avaient rien de secret. Ainsi nos agents du contentieux étaient plus à l'aise.

– Le prêt qui nous préoccupe est celui du Fonds monétaire européen, récapitulait-elle. Il a été viré d'une banque nationale française à la Banque d'État du Mosso-Bolosso, il y a exactement trois ans. Les intérêts qui devaient être versés mensuellement n'ont jamais eu un commencement de règlement. L'ambassade nous a obtenu un rendez-vous avec le chef de cabinet du ministre des Finances sous un prétexte fumeux.

Sa voix semblait encoconnée dans les effluves d'air brûlant, un fond sonore non identifiable d'insectes, de moteurs et de musique grésillait aux alentours.

– Le président actuel s'appelle Moussa Dioro, la monnaie nationale est le boubina. Un dollar vaut 3 boubinas au cours officiel, et 750 000 au marché noir. C'est un régime à parti unique, mais le parti unique change à chaque coup d'État.

Elle interrompit sa lecture, c'était leur tour de passer à la douane.

La tenue administrative la plus portée à Bambara, c'était la tenue léopard. Soldats, policiers, douaniers, factionnaires, chauffeurs d'autobus, même les facteurs étaient en tenue léopard. Ça donnait un air champêtre et décontracté au moindre bureau de l'administration, mais laissait songeur quant aux performances des camouflages, vu que, la brousse étant loin, rien n'approchant la couleur du léopard n'entourait jamais aucun des militaires mosso-bolossais. Mais tous étaient dûment armés de pistolets-mitrailleurs Uzi de fabrication tchèque sous licence israélienne, vendus en Hollande par un courtier bulgare.

– On craint une attaque des radicaux-socialistes, expliqua le chauffeur de taxi pour justifier cette militarisation générale.

Les deux voyageurs avaient passé leurs premières vingt-quatre heures de séjour à courir bureaux et consulats pour obtenir la confirmation du rendez-vous. Les charmes de Bambara enchantaient Lucie et accablaient Georges. Elle n'avait qu'une envie : finir la mission pour aller à la plage, il n'avait qu'une envie : rentrer.

– Les radicaux-socialistes ? s'étonna-t-il.

– Un vestige de la colonisation, précisa le chauffeur. À l'indépendance, nos partis politiques ont pris les noms des vôtres et les ont gardés. Chez vous, c'était la IVe République.

Il éclata de rire.

– Mais ici, ça ne veut pas dire grand-chose. Chaque parti, c'est une tribu. La guerre qui ravage le pays entre les centristes-républicains-démocrates et les radicaux-socialistes, c'est la haine séculaire entre Houssayas et Hilis, mais faut surtout pas le dire si vous voulez pas d'ennuis.

La Peugeot 404 serpentait entre les trous d'obus dans l'avenue du Général-de-Gaulle. De chaque côté, les rues de Bambara affichaient une certaine monotonie, du moins aux yeux de Georges : cocotiers, tôle ondulée, cocotiers, tôle ondulée, le tout jointé par une compacte misère urbaine. Le centre se distinguait par sa concentration de bâtiments en dur, ou bien décrépis, ou bien à l'état de chantiers abandonnés, armatures rouillées émergeant des parpaings bruts. La voiture s'arrêta devant un couple de baraquements en bois gardé par des blindés légers.

– Ils sont beaux, hein ? commenta le chauffeur.

– Quoi ? Les bungalows ? demanda Lucie, toute prête à s'extasier.

– Non, les VAB ! Ils sont presque neufs ! Juste deuxième main, ils appartenaient à une unité comorienne pépère qui passait son temps à les astiquer au garage, ils ont à peine roulé ! C'est notre président Dioro qui les a achetés.

Lucie s'extasia quand même, puis leur guide montra la place avec fierté.

– Ça, c'est la place du Professeur-Mô. Voici sa statue.

– Qui est-ce, le Professeur Mô ?

– Le père de la nation, un bienfaiteur : il pensait réaliser une réconciliation des tribus par l'arbitrage, en établissant une constitution politique fondée sur la tradition africaine. Moyennant quoi un développement économique modéré aurait permis de ne jamais perdre l'équilibre social et culturel, tout en assurant une croissance régulière. On a cru que ça allait marcher pendant les deux ans où il était au pouvoir. La seule période de paix et de prospérité au Mosso-Bolosso…

Il semblait sincèrement ému.

– Et alors ?

– Ça a été la seule fois où les Houssayas et les Hilis ont été d'accord. Ils l'ont abattu avant qu'il ne soit trop tard. D'ailleurs, ils assurent tous qu'il méritait le prix Nobel. Mais trêve de bavardage, le ministère des Finances, c'est ici. Il a été détruit par l'aviation centriste-républicaine-démocrate et relogé dans des bâtiments provisoires.

Après avoir franchi plusieurs barrages de gardiens en tenue léopard, l'agent du contentieux et sa secrétaire furent introduits dans le bureau du chef de cabinet du ministre : un jeune homme souriant et sympathique en tenue léopard avec des galons de capitaine et des lunettes noires. Conformément au plan mis au point avec l'ambassade, Georges et Lucie se présentèrent comme journalistes économiques, enquêtant pour un organe officiel français sur l'aide financière future au pays à la lumière des effets de l'aide financière passée.

– Ah mais oui ! s'exclama le chef de cabinet dès que Lucie eut posé une question très vaguement allusive. Je vois parfaitement de quel prêt vous parlez, celui du Fonds monétaire européen.

Un ventilateur grinçait pathétiquement au-dessus de leurs têtes et Georges était si mouillé de sueur que le bruit lui donnait l'impression de se trouver dans un four à micro-ondes à plateau rotatif.

– J'espère que vous n'êtes pas de ces journalistes qui accusent notre président de népotisme, dit le fonctionnaire en fronçant les sourcils. Ses voitures et les résidences de sa famille ont été payées par ses propres sous. Quant à sa piscine et à son golf, ils profitent aussi au peuple, puisque ses délégués ont le droit de s'en servir.

– Mais je ne vous demandais rien de tel ! se défendit le visiteur.

– Quoi qu'il en soit, il est bien normal que le gouvernement français et ses partenaires européens s'inquiètent de savoir où est passé leur argent.

– Mais..., dit Brossard.

– Nous avons la ferme et définitive intention de rembourser ce prêt jusqu'au dernier boubina. Le président Dioro est un homme honnête.

– Mais je..., dit Brossard.

– Mais voilà, cet argent, nous ne l'avons plus. À la suite d'une regrettable erreur, nous avons été victimes d'une odieuse malversation. Croyez que, si ces fonds étaient encore en notre possession, nous les rendrions immédiatement.

– Que sont-ils devenus ? toussota Georges en levant les yeux vers le ventilateur.

– Facile de le savoir. Nos comptes sont très bien tenus quand ces crapules de radicaux-socialistes n'usurpent pas le pouvoir. Je vais demander le dossier.

Il appela un planton qui exécuta l'ordre en quelques secondes en ouvrant le tiroir du bureau de son chef.

– Voilà, dit le chef de cabinet en parcourant le dossier. Le prêt du Fonds monétaire a été intégralement versé à la Banque d'État. Ensuite, il a été transféré en totalité sur le compte du ministère de l'Agriculture.

– Ah ?

– Mais il se trouve qu'à cause d'une inqualifiable agression des rebelles à cette époque le budget de l'armée devint prioritaire. Je me rappelle qu'il y avait justement une affaire formidable, un lot de missiles sol-sol comme neufs à saisir, bref, mais nous avions promis à vos instances européennes que cet argent serait consacré à l'agriculture, et notre président est un homme de parole. C'est alors qu'un haut fonctionnaire d'un de nos services a eu l'idée de placer l'argent à court terme et gros rendement pour doubler la mise et ainsi alimenter le budget militaire sans déroger à la promesse faite…

– Je comprends, dit Georges. Et à qui les fonds ont-ils été confiés ?

– Un des conseillers suisses de notre président connaissait un financier hors pair qui faisait fructifier les fonds plus vite que quiconque. Persuadé de bien agir, notre collaborateur a confié la totalité du prêt à cet homme pour un placement d'un an à très haut revenu. Et nous n'avons jamais revu ni l'homme ni l'argent.

– Qu'avez-vous fait, alors ?

– Le fonctionnaire qui avait agi de sa propre initiative a été vertement réprimandé. Ensuite, nous avons enquêté, mais trop tard. Le financier véreux avait quitté l'Afrique après avoir fait transiter les fonds hors du pays. Nous avons appris par la suite qu'il avait fait la même chose dans trois pays voisins. En dépit de l'énormité de la somme, les fonds détournés ont été très efficacement cachés. Sans doute éparpillés puis blanchis, les services financiers internationaux n'en ont pas repéré la moindre trace.

Georges crut que son interlocuteur allait fondre en larmes.

– Mais comment peut-on confier une telle somme à un seul homme avec si peu de garanties ? s'étonna-t-il.

– Non, mais dites donc ! cria l'officier en tapant sur le bureau. Vous prenez les nègres pour des abrutis ? Ici, ce n'est pas l'endroit pour faire du racisme, monsieur Gros blanc !

Il se leva brutalement, sortit son pistolet Tokarev de son étui (de fabrication russe, sous licence russe, vendu par les Russes en Russie) et tira trois fois vers le plafond. Le ventilateur cessa son grincement en même temps que sa rotation, et la tôle ondulée vibrait encore quand le capitaine se rassit en rigolant bruyamment. Contrairement au cliché, il n'avait pas des dents très blanches, mais des chicots jaunâtres. Il considéra ses interlocuteurs paralysés de terreur et se replia de rire en se tapant sur les cuisses.

– Il y a une scène comme ça dans *Tintin* ! hoqueta-t-il. J'aime beaucoup *Tintin*. Mais bon. Revenons aux choses sérieuses.

Lucie se mit à rire aussi, nerveusement, et Georges était tout occupé à empêcher ses dents de claquer.

– L'homme se présentait comme le fondé de pouvoir d'une grande banque suisse, reprit incontinent le chef de cabinet, la banque dans laquelle il disposait effectivement d'un compte, un parmi les dizaines qu'il a dû ouvrir ici et là j'imagine. Bref, il était parvenu à contrefaire des accréditations officielles.

– Quelle banque ? demanda le recouvreur de créances quand sa mâchoire se fut débloquée.

– La banque Aberbut, dont le siège central est à Zurich, dit le capitaine en poussant un papier vers son visiteur. Voici l'adresse.

– Et cet homme s'appelait comment ?

L'officier chercha dans le dossier.

– Ah voilà : Zeller. Mais il avait un nom différent dans chaque pays. La banque a effectivement reconnu qu'une partie des fonds avaient dû transiter chez elle, mais par un compte privé, sur lequel elle ne pouvait exercer aucun contrôle. La piste s'arrête là… Quand je pense que cet argent aurait tant profité à nos villages…

Lucie se faisait bronzer sur la terrasse de l'hôtel *Hilton,* tandis que son compagnon était plongé dans la baignoire et dans l'étude des horaires d'avion. L'hôtel *Hilton* de Bambara n'avait jamais essuyé la moindre balle perdue pendant les combats fratricides. Il faut dire que c'est dans ses salons que les officiers victorieux des deux camps venaient traditionnellement fêter leur victoire.

– Nous avons un vol Lagos-Berne demain à 17 heures, annonça-t-il. Une liaison locale dessert Bambara-Lagos.

– Pourquoi voulez-vous partir si vite ? dit-elle. On pourrait prendre un peu de vacances, tout de même…

– Ça ne vous gêne pas, vous, tous ces gens qui crèvent de faim le long des trottoirs ?

– J'ai mis des lunettes très noires…

Georges haussa les épaules et sortit de la baignoire dans laquelle il passait le plus clair de son temps, il enfila un peignoir et coiffa son casque colonial.

– Jo, voulez-vous me passer un verre de jus de mangue ?

Il sortit sur la terrasse, posa le verre sur la table, releva les yeux et se sentit encore défaillir. Dans la lumière aveuglante et les reflets de crème solaire, elle n'était vêtue que d'un slip de taille moléculaire. Il se dit qu'il fallait *vraiment* qu'il se mette au régime et à la culture physique, car à ce rythme, son cœur n'allait pas tenir longtemps. En attendant, il préféra retourner à sa baignoire.

– Je vous ai déjà dit de ne pas m'appeler Jo ! gémit-il une fois dans l'eau.

– C'est pas très beau, Zurich, répondit-elle. J'y ai déjà été.

– De toute façon, nous ne pouvons pas rester là. Les rebelles ont déclenché l'offensive, la capitale est encerclée, l'aide humanitaire de nouveau bloquée et la famine s'abat sur les régions environnantes.

– Ah bon ? dit-elle.

Elle saisit son Walkman et mit une cassette d'un groupe local dont le tube était : « Nous sommes la jeunesse radicale-socialiste et feu le président Guy Mollet est notre héros. »

20

Le capitaine du ministère n'avait pas menti : la banque Aberbut avait pignon sur rue dans le centre de Zurich. Plus qu'un pignon, même, puisqu'un architecte japonais néo-expressionniste l'avait pourvue d'un éperon de béton et de verre qui surmontait littéralement la rue, pointé vers l'avenir radieux.

Les deux touristes en service commandé restèrent quelques secondes à admirer le chef-d'œuvre, impressionnés. Puis Georges baissa la tête et serra le bras de Lucie pour la ramener sous le parapluie qui les protégeait de la pluie suisse et glacée.

– Vingt-sept, dit-il.

– Quoi ?

– Pendant toute mon enfance, on m'a dit et répété que la Suisse était si propre qu'on pouvait manger par terre, et j'y croyais sincèrement. Depuis notre hôtel, c'est le vingt-septième papier que je compte, sans parler de trois bouteilles, deux boîtes en métal et cinq merdes de chien. Les plus beaux mythes sont destinés à s'effondrer.

– Tout fout l' camp, soupira Lucie.

Ils traversèrent la rue et s'engouffrèrent dans le hall de l'établissement. Une marée de costumes sombres et de mentons rasés, à côté desquels Brossard se sentit l'air d'un bûcheron canadien au chômage, se referma autour d'eux. L'animation dans le hall accomplissait le prodige d'être à la fois trépidante et feutrée : on n'y voyait pas de haut-de-forme, mais, en majorité, le luxe raffiné des vrais riches modernes portés par des clients des deux sexes ; des écrans à tous les coins donnaient l'état des marchés mondiaux, des haut-parleurs à voix suaves prévenaient des rendez-vous, le tout au milieu d'un va-et-vient semblable à celui d'une aire de cotation, mais étouffé par l'épaisseur des moquettes. Il y avait comme un confinement religieux sur cette agitation financière, un chuchotis permanent qui poussait les gens à parler à voix basse et à n'user que de gestes mesurés ; pour un peu, on aurait senti l'encens. L'impression s'expliquait partiellement : les murs étaient recouverts de matériau isolant insonore et le bourdonnement sourd provenait de détecteurs électroniques destinés à traquer micros espions et appareils photo cachés. La banque Aberbut ne garantissait pas l'anonymat pour les chiens.

– *Guten Morgen, mein Fräulein und mein Herr,* dit l'homme en les accueillant dans le vaste bureau. *Es freut mich, sie kennenzulernen.*

C'était un grand Suisse alémanique aux cheveux et aux sourcils en brosse, aux lunettes et au menton épais, qui se leva à leur entrée.

– Nous sommes français, dit Brossard.

– *Ach,* je suis enchanté. Vous avez de venir ouvrir un compte dans notre établissement bien fait.

– Il y a un malentendu, dit Brossard. Nous ne sommes pas venus ouvrir un compte mais demander des renseignements sur quelqu'un qui en avait un ici.

Le cadre jaillit de son siège en changeant de couleur, comme s'il vacillait sous la violence d'une insulte spécialement odieuse.

– Moi ? Des renseignements ? Sur un client qui un compte chez nous a ouvert ? Vous malade ? *Krank ? Provokazionn ?*

Soudain son visage s'éclaira :

– Je compris. Gag pour la télévision être ! Où la caméra avez-vous cachée ?

– Attendez, je ne parle pas d'un client, mais d'un escroc recherché par Interpol, et pour lequel le secret bancaire a été levé depuis belle lurette. Il s'appelle Zeller.

– Zeller ? Alexandre Zeller ?

Le Suisse se rassit, rasséréné, mais en proie à un souvenir douloureux.

– Zeller ! *Ach !* Est cette crapule emprisonnée ? Zeller, *gross* malheur ! *Gross internazional* filou ! De gros ennuis il a à notre banque apportés.

Il fut interrompu par l'interphone dans lequel une secrétaire parlait français.

– Monsieur Vohl, il y a un M. John Domingo Fernandez qui demande à vous voir. Il est agriculteur colombien et il vient d'arriver de Bogotá.

– *Ja.* Dans dix minutes, lui je reçois.

– Pourquoi vous mettez toujours les verbes à la fin ? demanda Lucie.

– J'ai le français dans un traducteur automatique appris, dit-il. J'ai la phrase allemande syntaxe un peu gardé. Mais vocabulaire bon et j'ai secrétaire romande pour me corriger. Vous êtes *Polizei* ?

– Nous sommes recouvreurs de créances, dit Georges.

– Quel beau métier ! s'exclama le Suisse, les yeux humides. Quand j'étais petit, ça j'aurais voulu faire. Ce qu'on veut, on ne fait pas toujours. Comment vous aider je puis ?

– Que savez-vous exactement de ce Zeller ?

L'interphone résonna de nouveau :

– Monsieur Vohl, j'ai un négociant en import-export de machines agricoles entre la Serbie, l'Azerbaïdjan, le Yémen et l'Irak qui voudrait prendre rendez-vous.

– *Ja.* Aujourd'hui prenez. Que disais-je ? *Ach* oui. Zeller est avec énormes énorrrrmes capitaux venu. Ouvrir ici *kolossal* compte ! Puis dès que problèmes, il a son compte entièrement vidé et parti en France se cacher.

– En France ? D'habitude, c'est l'inverse.

– Oui. Paris, je crois. Trop repéré en Suisse. Police ici très sévère *für* malhonnêtes.

– Monsieur Vohl, dit l'interphone, un M. Song Maï, agriculteur birmano-thaïlandais, souhaiterait vous rencontrer.

– Prenez le rendez-vous.

Se réfugier en France, pour cacher de l'argent, c'est une drôle d'idée, observa Georges en se frottant le menton.

– *Ja.* Je n'ai pas d'explication. Il avait aussi coffre chez nous. Il a toujours.

– Son coffre ?

– Oui. Car il a le loyer pour un an payé. *Polizei* a ouvert le coffre. Scène très choquante. Difficilement soutenable.

– Pourquoi ? Que contenait-il ?

– Presque rien. Il avait été vidé. Mais ouvrir un coffre sans l'accord du propriétaire est un procédé barbare et inhumain.

– Monsieur Vohl, un M. Duvalise vient d'arriver, dit l'interphone.

– Qui est-il ?

– Promoteur de lotissements agricoles sur la Côte d'Azur et trésorier de la Milice de Sécurité des jeunes agriculteurs européens.

– *Ach,* je me souviens. *Sehr gut.* Faites-le attendre.

– Pourrions-nous voir son coffre ? demanda Brossard à tout hasard.

Mais le banquier ne poussa pas de hauts cris.

– *Warum nicht ?* Coffre ouvert, coffre fini. Allons-y de suite, dit-il en se levant.

Ils descendirent un escalier en marbre italien et longèrent une giclée de couloirs. Après avoir franchi un corridor en béton et quatorze sas électroniques, ils parvinrent enfin devant une porte plus épaisse que haute, et très haute. Derrière, les coffres privés s'entassaient sur quatre étages le long des murs d'une vaste salle.

Alors que le guide montrait à ses hôtes le coffre en question, la voix suave de la sono résonna :

– On demande M. Vohl au standard.

Le demandé appuya sur un bouton.

– C'est M. Luchini, dit la voix de sa secrétaire.

– Qui c'est, celui-là ?

– Vous savez, le monsieur qui s'occupe de placer des hôtesses européennes dans les chambres d'agriculture du Venezuela et du Paraguay. Il dit être mandaté par une organisation agricole sicilienne, la Main verte.

– *Ja,* je vois. Faire patienter.

Le coffre était effectivement vide, à l'exception de journaux chiffonnés, de pinces à linge et de boîtes de chocolats en carton.

– Pour emballer valeurs à lui, ça a sans doute servi, suggéra le banquier.

– Et ça, qu'est-ce que c'est ? demanda Georges en désignant quelques pièces de monnaie en plastique qui traînaient parmi les agrafes et les rubans à liasses.

M. Vohl rigola, ce qui ne lui allait pas du tout.

– Ah *das* ! C'est boubinas de l'année dernière ! Monnaie du Mosso-Bolosso, tombés de poches de Zeller, je suppose. Le boubina tellement rien valoir, qu'ils les fabriquaient en plastique parce que moins cher. Mais encore trop cher. Ils ont vite arrêté. Maintenant boubinas en carton recyclé.

– Oui, on sait, on en vient, dit Brossard en examinant les rondelles jaune et gris. Vous me les donnez ? Je connais un musée à Paris que ça intéresserait beaucoup.

– Faites donc, c'est ménage. Zeller *Schweinehund,* les pires traitements il mérite !

– Mais pourquoi ce désespoir ? Vous n'avez pas perdu un centime dans l'affaire !

– Vous les banques ne connaissez pas ! Gros dégâts dans reputation, pour image de mark, une seule fois *Polizei* désastreux ! Beaucoup perdu clientèle. Agriculture en crise.

Lucie s'enduisait les ongles des pieds d'un vernis très kitsch années 50 oublié par la mode dans une échoppe de la vieille ville. Ses jambes graciles sortaient du peignoir blanc de l'hôtel comme le pistil du lys.

– Cette fois, le cabinet Brossard & Co pédale dans le yaourt, remarqua-t-elle. En plus, Zurich, c'est moche. Et on est venus pour rien.

– Pas sûr.

– Ah bon ? s'étonna-t-elle en se reculant pour juger de l'effet sur son gros orteil. Et qu'est-ce qu'il fait, mon héros fiduciaire, au lieu de réserver nos places d'avion ? Pourquoi il regarde cet argent de poupée depuis ce matin ?

Armé d'une loupe, Brossard examinait l'une après l'autre les pièces en plastique sous la lampe.

– Il y en a une avec un numéro gravé à la main. Je m'en suis aperçu à la banque. Mais il est tellement petit que j'ai du mal à le lire.

– C'est la presbytie normale de la sénilité précoce, le rassura-t-elle en se levant pour venir voir.

Elle se pencha sur la table par-dessus son épaule. Un panache d'odeurs de vernis, de shampooing frais et de chair de jeune fille l'enveloppa, tandis que des cheveux mouillés tombaient en cascade devant la lampe. Il eut beaucoup de mal à ne pas passer son bras autour des hanches rondes qui lui pressaient l'épaule. Il ferma les yeux et se frotta le menton.

– Prenez un crayon pour noter, dit-elle en saisissant le boubina. C'est 1096 896GH976 BN.

– Incroyable, souffla-t-il. Je sais ce que c'est.

– Oh ?

– C'est un numéro-code interne de compte-chèques postal français. J'ai travaillé pour eux il y a trois ans ; j'y ai gardé des relations. Il me suffit de téléphoner pour avoir l'adresse de son détenteur.

Elle se releva, incrédule.

– Et pourquoi l'aurait-il gravé là ?

– Est-ce que je sais ? Pour s'en souvenir, ou pour le communiquer à quelqu'un. Ça attire moins l'attention qu'une note.

– Mais c'est qu'il est fort, mon gros Jo ! s'exclama-t-elle en riant.

Comme il ouvrait la bouche pour stigmatiser ces familiarités déplacées, elle l'embrassa sur sa calvitie et retourna à son vernis. Discrètement, il se fit un massage cardiaque avant de s'emparer du téléphone.

Tout tombait bien. C'était la bonne heure, le bon jour et le bon poste. Brossard se fendit d'une conversation aimable et courtoise avant d'en venir au fait. Son interlocuteur répondit que, sans problème, il faisait la recherche et il rappelait. Georges donna le numéro de sa chambre à l'hôtel et raccrocha.

Comme elle le détaillait avec des yeux franchement admiratifs, il regarda le plafond.

– La tête d'Onc' Picsou si vous lui retrouvez son fric !

– On n'en est pas là...

– Vous allez devenir le Recours de l'économie occidentale.

– Non. Après cette affaire, je vais arrêter.

– Arrêter quoi ?

– Tout ça. Ce travail, ces gribouillis. C'était inepte. J'ai vécu quinze ans sur une ineptie. Maintenant, je vais faire ce qui me plaît...

– Quoi, par exemple ?

Le téléphone sonna. Georges décrocha, prononça plusieurs oui oui excités. Puis il fronça les sourcils et ne dit plus rien sauf « Vous êtes sûr ? » Il raccrocha en soufflant un « Merci » à peine audible.

– Qu'est-ce qui vous prend ? Vous n'avez pas eu l'adresse ?

– Si.

– Et pourquoi vous ne l'avez pas notée ?

– C'est assez facile à se rappeler. C'est la mienne.

21

– Mais comment mon adresse peut-elle correspondre au compte-chèques postal d'un escroc en fuite ?

Pendant tout le voyage, il avait répété cette phrase à intervalles réguliers, avec un ton geignard spécialement horripilant. Tandis que Lucie rangeait les deux sacs dans le coffre de la Toyota qui les avait attendus fidèlement sur le parking de Roissy, il recommença.

– Mais ce n'est pas votre nom ! s'écria-t-elle, énervée. Vous n'êtes pas le seul à habiter là !

– Eh ben, une coïncidence comme ça, j'y crois pas !

– Et comment il s'appelle, déjà, le titulaire du compte ?

– Korsakov… Je ne connais personne de ce nom-là dans l'immeuble.

– Ou c'est une fausse adresse ou c'est un faux nom, vous serez fixé quand on sera arrivés, dit-elle en démarrant. Vous pouvez bien attendre encore une demi-heure ! Vous demanderez au concierge.

– Je ne peux rien demander au syndic, il est dans le camp ennemi ! Et le gardien est à sa solde…

Elle soupira et embraya. Il était 18 heures, ils mirent une heure et demie pour faire Roissy-Vincennes et Brossard rongea son frein jusqu'à en changer les plaquettes. À peine la 4 x 4 garée, il courut jusque dans le hall de son immeuble. Il le savait d'avance, la liste des occupants n'était jamais à jour. Frapper chez le concierge serait une erreur dramatique. Il restait Ridgewell, mais il y avait peu de chances qu'il connaisse les mouvements des occupants de l'immeuble et, de plus, il n'était pas là.

– On pourrait au moins monter les sacs, dit Lucie. Et puis j'ai envie de pisser.

À cet instant, un gémissement familier fit vibrer la rambarde de l'escalier. Mme Griffon venait d'apercevoir son bourreau.

– Ooooooouuuuuarh…, fit-elle en descendant une marche.

» Iiiiiiuuuuuurgh…, ajouta-t-elle à la suivante.

» Mmmmmmmmpffffaaah…, poursuivit-elle en atteignant le palier.

Elle était là, à se tenir à la rampe, les yeux implorant pitié au responsable de son martyre, lorsque ce dernier se mit en mouvement, indéniablement vers elle, manifestement armé d'une intention précise. Convaincue qu'il était parti pour l'achever, elle sauta sur ses jambes et amorça une fuite ascendante en hurlant « Au secouuuuuurs ! » mais son cri s'étrangla dans sa gorge. Le monstre l'avait saisie aux épaules et lui disait gentiment :

– Madame Griffon, si vous répondez à ma question, j'accepte l'installation de l'ascenseur.

Elle mit un sacré bout de temps à saisir l'entière portée de ses paroles. Son visage essaya plusieurs expressions avant de trouver la bonne.

– Quelle question ?

– Savez-vous s'il y a un Korsakov qui habite dans cet immeuble ?

Ce Brossard n'était vraiment plus le même. Physiquement aussi, il avait changé. Ce que c'est que l'amour, soupira-t-elle *in petto* en coulant un regard à Lucie.

– Oui, dit-elle. Au sixième gauche. Mais je ne le connais pas. Et d'ailleurs, personne le connaît. Il a même pas mis son nom sur les boîtes aux lettres. Vous savez, c'est le Mort...

Brossard se frappa le front.

– Foutre, mais oui ! Je l'avais oublié, celui-là ! C'est mon voisin du dessus !

– Et un drôle de zigomar... Il n'est jamais sorti depuis qu'il est là. Ou alors il le fait la nuit, mais j'aurais dû l'entendre parce que je dors pas, avec mon arthrose...

– Mais comment savez-vous qu'il vit ici ?

– C'est à cause du reflet qu'envoie le soleil sur la vitre du cinquième qui se projette sur la verrière du troisième et la fenêtre de l'escalier quand elle est ouverte et qui me renvoie l'image de la fenêtre du sixième. J'ai vu le type y passer plusieurs fois.

– Merci infiniment, madame Griffon.

– Dites, monsieur Brossard...

– Oui ?

– La prochaine réunion de copropriété, c'est dans un mois.

– Je vous signerai une procuration pour voter à ma place. Je n'ai qu'une parole.

Ils se reposaient depuis un quart d'heure dans le salon en L et, tout en regardant le plafond, réfléchissaient à une stratégie.

– C'est peut-être une coïncidence, après tout, suggéra Lucie.

– Mes burnes. Y a quelque chose de louche, et je trouverai quoi, chuchota-t-il.

– Vous croyez qu'il entend ce qu'on dit ?

– Ça m'étonnerait. Sauf s'il a des micros.

– Et pourquoi aurait-il mis des micros ?

– Je sais pas ! Je sais pas ! Et si on disait qu'on est les pompiers ?

– Il doit avoir un œilleton.

– Et puis, après tout, allons-y, on verra bien.

Il n'y avait pas d'œilleton. À ce détail près, la porte du sixième gauche était rigoureusement identique à celle du cinquième gauche. Georges appuya sur la sonnette. Elle ne marchait pas. Il frappa cinq coups. Et attendit. Il ne se passa rien. Il frappa cinq coups plus fort. Lucie se tenait derrière lui, dans l'escalier, comme il le lui avait demandé, pour pouvoir fuir en cas de besoin. Toujours le silence. Il frappa dix fois, à s'en faire péter les phalanges. Mais la dixième fois frappa le vide car, à la neuvième, la porte s'était ouverte.

– Eh ! Oh ! Ça va pas de taper comme ça ?! Qu'est-ce que vous voulez ? Y a le feu ?

Korsakov-Zeller était un grand homme maigre et sale, le visage mangé d'une barbe grisonnante et irrégulière, les cheveux hirsutes, les yeux cachés derrière des lunettes noires ébréchées. Les poils gris de sa poitrine débordaient du col ouvert d'une chemise raide de crasse. Devant une aussi pitoyable apparition, le justicier fut pris de court.

Commençant à craindre une erreur, il retarda quelques instants sa phrase toute prête : « Vous êtes bien monsieur Korsakov ? » pour toussoter.

Mais Lucie vint à son secours de manière opportune et inattendue, en criant dans son dos : « PAPA ! »

22

Lucie sauta les six marches qui la séparaient du palier et s'immobilisa devant la porte.

– Papa ! répéta-t-elle. Mais qu'est-ce que tu fous là ?

– Tou… Toussaint ? demanda Georges, qui mentalement le rasait, lui ôtait les lunettes et le rajeunissait de vingt ans pour commencer à le reconnaître.

– Lucie, ma fille…, dit l'homme en serrant Lucie sa fille dans ses bras.

Puis il se tourna vers Brossard.

– Georges, mon frère…

Il le serra dans ses bras itou. Puis il désigna le corridor sombre.

– Entrez. Je m'excuse, je vous attendais pas, j'ai pas fait le ménage.

Il aurait été plus exact en parlant de terrassement. L'appartement contenait un camping au sens strict : toutes les pièces étaient vides sauf la plus grande où l'occupant avait installé une tente et un Butagaz, au milieu d'un champ d'épandage de linge sale, de monceaux de papiers, de sacs-poubelle, de plantes vertes desséchées, de lingots d'or entassés en vrac, de liasses de billets, de caisses de conserve et de grandes cartes géographiques dépliées qui emplissaient l'espace resté vide. Dans le mouvement que fit son ami d'adolescence pour s'asseoir devant la tente comme pour un pow pow, Georges entrevit un P. 38 coincé dans sa ceinture entre ses reins.

L'arme le gênait pour s'installer à l'aise, Toussaint l'ôta d'un geste très naturel et la posa dans la tente, derrière lui.

– Ça rappelle notre jeunesse, non ? demanda-t-il en désignant le décor.

– Zeller, c'est toi ? dit Georges.

– C'est moi, oui. Les noms, c'est pas ça qui me manque. Mais que me vaut la bonne surprise de votre visite ?

– T'es un peu gonflé de demander ça ! s'écria Lucie, encore toute secouée. On a dû passer par le ministère des Finances, l'Afrique équatoriale et la Suisse pour monter un étage, et c'est toi qui demandes pourquoi on est là ! Je te croyais en fuite en Amérique du Sud !

– C'est encore à l'ordre du jour. Juste une question de planning.

– C'est toi qui as volé l'argent du tiers monde ? s'enquit Georges qui avait du mal à fermer sa bouche tant son étonnement perdurait.

– N'exagérons rien, fit modestement Toussaint. Juste trois pays.

– Mais c'est dégoûtant ! cria sa fille.

Le père baissa la tête.

– Certes, c'est moralement contestable, mais c'était une grosse somme. Vraiment très grosse.

Il releva la tête, ôta ses lunettes et, malgré le flegme affecté, Georges reconnut dans ses prunelles la sombre et belliqueuse lueur vulpine qu'il avait gardée de ses vingt ans.

– Et que cet argent soit dans ma poche ou dans celle des potentats locaux qui finiront de toute façon par alimenter mes affaires, je n'ai fait que prendre un raccourci…

Abandonnant brutalement toute animosité, il posa sa main sur le genou de Brossard et dit avec un sourire :

– Georges… Tu n'as pas changé. Ça me fait plaisir de te revoir… Elle ne t'a pas embêté, au moins ?…

– Mais vas-tu m'expliquer ce que tu fais ici, à la fin ? s'énerva Lucie.

Toussaint Sarfatoussi versa un doigt de whisky dans trois gobelets en plastique. Il leva le sien et dit « À notre triomphe ! » et en avala le contenu cul sec. Puis il chiffonna le gobelet, l'envoya voler sur un tas d'ordures indistinctes qui s'étalaient dans un coin et se tourna vers son ami avec une mimique de gravité apitoyée.

– Je viens de réussir le plus beau coup de ma vie, Georges. L'apothéose de ma carrière. Très dangereux. Je devais mettre ma Lucie à l'abri de toutes les éclaboussures, et dans une affaire comme ça, c'est pas facile. Les gens te poursuivent sans relâche, ils t'en veulent, après ! C'est incroyable à quel point ! Tu ne te doutes pas quels trésors de méchanceté ils vont chercher… Alors, je sais pas pourquoi, j'ai pensé à toi. Ta petite vie tranquille et honnête, ton silence, ta discrétion.

Il se tourna vers sa fille.

– Tu vois, je t'ai envoyé ma Lucie et après, j'ai pensé : pourquoi pas moi, après tout ? Sous un toit sûr, à côté de ma fille et de mon ami. En attendant le départ, je pouvais pas imaginer meilleure planque que dans ton propre immeuble, à quelques mètres de vous. Je vous ai juste un peu menti à tous les deux, tu m'en veux pas ?

Il considéra sa fille avec amour.

– Tes épreuves sont finies, ma chérie. À côté de la vie que nous allons mener maintenant, celle d'avant, c'était le RMI.

– Et tu vis ici depuis le jour où Lucie a débarqué ? demanda Georges.

– Oh, même avant ! C'était une opération compliquée, pleine de périls et de pièges. Tu n'imagines pas ce que les nègres sont vicieux...

– Et c'est seulement pour te cacher et rester à côté de ta fille que tu t'es installé ici ?

– Mais oui.

– C'est tout ?

– Bien sûr ! Pourquoi tu demandes ça ?

Brossard se leva avec effort et promena son regard sur le camping, les lingots d'or et les liasses de billets éparses.

– Ce n'est pas d'une grosse somme que tu parles, dit-il. C'est d'une somme astronomique. Une somme que peu de particuliers peuvent gérer sans se faire remarquer. Qu'en as-tu fait ?

– Tu as raison, Georges. Tu situes toujours aussi vite les problèmes. Je me suis débrouillé. J'ai beaucoup de relations. Tu vois, j'en ai même emporté une miette avec moi pour faire mes courses.

Sarfatoussi désigna les lingots, puis éclata d'un rire saccadé qu'il figea aussitôt dans un masque d'ardente attention.

– Maintenant, expliquez-moi par quel prodige vous avez frappé à cette porte. Comment avez-vous appris ma dernière affaire ?

– C'est à cause d'Onc' Picsou, dit Lucie.

– Pardon ?

Elle expliqua brièvement le type du ministère, Bambara, Zurich.

– Et après ? Comment vous avez fait, après ?

– Un numéro de compte, gravé sur une pièce en plastoc.

– Seigneur. Je n'ai pas la mémoire des chiffres, ça me tuera. La prochaine fois, je l'écrirai sur un glaçon. Vous avez parlé de ça à quelqu'un d'autre ?

– Non, assura Lucie.

Il hocha la tête longuement, en silence, comme pour digérer les informations. Puis il dit avec tristesse :

– Ainsi, tu étais sur le point de démasquer un escroc, Georges. Pour un peu, tu allais dénoncer ton vieil ami. Tu venais livrer ton frère à la police.

– Mais comment je pouvais savoir que c'était toi ? cria le vieil ami.

Sarfatoussi l'interrompit d'un clin d'œil et afficha un sourire éclatant de fierté :

– Le gouvernement qui s'adresse à vous pour une mission spéciale. À ma fille et à mon frère… C'est un grand honneur. Et pourquoi ? Pour chasser qui ? Moi. MOI !

Il repartit dans un rire bronchique qui s'acheva en quinte de toux. Puis il redevint sérieux avec la même vitesse luminique, comme s'il actionnait un interrupteur dans ses neurones. Il s'adressa à Brossard :

– Georges, j'ai appris le travail merveilleux que tu as fait avec la petite. La rumeur de vos exploits est venue jusqu'à moi.

Il se gratta le lobe de l'oreille.

– C'est bien, Georges. Je n'en attendais pas moins de toi. Je savais qu'elle était capable... Tes affaires marchent, maintenant, grâce à elle. Et donc un peu grâce à moi.

– Justement, je voulais changer de métier.

– Tu aurais tort. Tu es fait pour ça. Bien... Nous devons parler de l'avenir. Assieds-toi, Georges. Tu me soûles, à tourner en rond, comme ça. Je ne te fais pas l'injure de demander si je peux compter sur ton aide...

– Merci.

Toussaint se passa la langue sur les lèvres.

– Bon, alors voilà comment nous allons procéder. D'abord il faut faire traîner les choses pour le type du ministère. J'ai encore besoin d'une petite semaine. Vous ne changerez rien à vos habitudes. Ensuite, dès que je donne le signal, nous filons en Océanie, *via* l'Amérique du Sud.

– Qui ça, nous ? demanda Georges.

– Lucie et moi. Ne t'inquiète pas, Georges, tu auras une part à la mesure de ma gratitude. Maintenant, partez, on aura tout le temps de parler plus tard. Et faites attention qu'on ne vous voie pas sur le palier.

Toussaint avait toujours commandé. C'était pareil quand ils étaient jeunes, il dirigeait toujours tout.

Quand ils se retrouvèrent en bas, Brossard demanda à sa pensionnaire :

– C'est vrai ? Vous allez partir ?

Elle le regarda d'une drôle de façon.

– Ben oui. Qu'est-ce que vous voulez que je fasse, ici ?

23

Chaque matin avant d'entrer dans le bureau, Mlle Mititei se recueillait un instant devant la nouvelle plaque vissée sur la porte :

« Georges BROSSARD
– Conseil en management
– Gestion d'investissements – Trading »

qui luisait de tout son cuivre au milieu des murs nettoyés de leurs graffitis désobligeants.

Ce matin-là, elle eut un autre motif de recueillement quand elle découvrit son patron arrivé avant elle, larvaire et grougnoteux derrière son bureau, comme il ne l'avait pas été depuis longtemps.

– C'est quoi, cette connerie ? grogna-t-il en guise de bonjour.

Il désignait un ordinateur placé devant lui.

– Elle est bien bonne ! C'est vous qui m'avez demandé d'informatiser la gestion.

– Grotesque.

– Et moi qui m'attendais à des félicitations. J'ai tout installé hier ! J'ai même mis un logiciel de RCAO.

– De quoi ?

– Recouvrement de Créances Assisté par Ordinateur. Y a juste que la séquence de titre qui fonctionne, mais le vendeur m'a dit que c'était le plus important, à condition de le laisser en marche devant la clientèle, bien sûr… Mais qu'est-ce que vous avez, en ce moment ?

Depuis quatre jours, le patron était d'une humeur calamiteuse.

– Vous préparerez la lettre de licenciement pour Lucie Sarfatoussi, commanda-t-il. Elle nous quitte après sa semaine de préavis.

– C'est donc ça…

Elle haussa les épaules et retourna à son bureau.

– Quoi, « c'est donc ça » ? Ça n'a pas l'air de vous étonner ! cria son patron. Vous savez quelque chose ?

– Je ne me mêle pas de vos affaires ! J'en ai même rien à cirer !

À cet instant, le téléphone sonna, aussitôt accompagné par la sonnerie de la porte.

– Et c'est parti ! grouma Mlle Mititei.

Puis, vers le bureau :

– Eh ben, faudra la remplacer, votre perle rare ! Je ne vais pas m'envoyer tout ce boulot toute seule !

Puis, vers la porte :

– Entrez ! Vous voyez pas que c'est ouvert ?

L'homme s'introduisit cérémonieusement. Il portait une veste de chauffeur et une casquette assortie.

– Mon patron désirerait rencontrer M. Brossard, dit-il en ôtant sa casquette.

– Ben, il a qu'à venir, ton patron, Duschmoll, dit l'hôtesse.

Le domestique regarda autour de lui, pour s'assurer qu'il ne s'était pas trompé d'adresse.

– Mon patron aimerait que M. Brossard se déplace. Il attend dehors.

– Et c'est qui, votre patron ? cria la voix de Georges qui écoutait de son bureau.

– Monsieur m'a demandé de ne pas dire le nom de Monsieur.

– C'est pas un Vaugelas-Fontanelle, au moins ? Je suis pas d'humeur à supporter les barjots.

– Non, monsieur.

– C'est bon, je viens.

Une Cadillac noire aux vitres noires était garée deux rues plus loin. Quand le chauffeur y eut amené le chasseur de dettes, il en ouvrit la porte sans un mot et l'invita à monter. Était-ce à cause des vitres noires, des lunettes noires ou de l'absence d'escorte féminine, Brossard mit un certain moment à reconnaître le passager.

– Monsieur Zerghossian Jr. ! finit-il par s'exclamer. Que puis-je pour vous ?

– J'ai un petit problème de liquidités, murmura celui-ci, mon père m'a encore coupé le pipe-line. Est-ce qu'on ne pourrait pas recommencer notre petite affaire de l'autre fois ? Non seulement ça m'avait dépanné, mais ça m'avait porté chance...

Comme il n'avait pas compris un mot, Georges mit ça sur le compte de son mauvais moral.

– De quelle affaire voulez-vous parler ?

– Vous ne vous rappelez pas ? L'autre fois ! Au casino ! Le remboursement bidon !

– Le remboursement bidon ? Mais de quoi parlez-vous ?

– Enfin, faites un effort ! Le remboursement simulé ! La mise en scène ! Au casino !

– Je ne comprends pas...

– Merde alors, vous êtes pas au courant ? Je croyais que vous étiez le directeur…

Georges se contraignit au calme.

– Enfin… nous sommes plusieurs et… c'est mon associé qui…

– Ah ! Et il ne vous a rien dit ! Je vois…

Le jeune milliardaire éclata de rire :

– Alors vous croyez vraiment que je vous ai payé mes dettes, l'autre jour ? Que moi, Jean-Luc Zerghossian Jr., j'aurais cédé au chantage d'un huissier de pacotille dans le hall d'un casino ? C'est drôlement cloisonné, votre boîte !

– C'est-à-dire que si… Je suis un peu au courant, dit Georges, heureux de l'obscurité de la voiture. C'est mon… mon associé, qui traite ce genre de choses, mais… mais il est momentanément absent… Rappelez-moi les détails.

– On m'a remis 200 unités, si ma mémoire est bonne, expliqua Zerghossian avec impatience. Et je vous les ai rendues cinq heures plus tard avec une commission de 10 % pour moi. Dit comme ça, ça paraît idiot, hein ? Si on le refait, je veux quinze.

– Vous… voulez dire que vous n'aviez aucune créance envers la baronne de je ne sais plus quoi ?

– Je sais même pas si elle existe. Les photos avaient été prises au bord de ma piscine. L'important, c'étaient les témoins.

– Mais qui vous a proposé ce… ce marché ?

Le fils de l'industriel s'énerva :

– Qu'est-ce que vous êtes, dans cette boîte qui porte votre nom ? Le balayeur ?

– En fait, je… nous sommes plusieurs et… Qui était-ce ?

– Oh la la, elle ne m'a pas dit son nom, et je ne l'ai eue qu'au téléphone. Elle m'a fait remettre le liquide en dollars, ça je m'en souviens. Et la carte de votre cabinet...

– Elle ?

– Ah, vous tombez de la lune, mon vieux ! Et j'ai pas que ça à foutre. Il vaudrait peut-être mieux que j'en parle avec elle, ou avec votre patron, n'est-ce pas ? Demandez-leur de venir, voulez-vous ?

Brossard regarda la Cadillac disparaître au bout de la rue. Il resta planté sur le trottoir tout le temps d'une longue et douloureuse réflexion, faillit courir au bureau, se ravisa et se décida pour une cabine téléphonique.

– World Investment Group ? Pourrais-je avoir le cabinet de M. Holz ?... (Long silence.) Bonjour, je voudrais une communication urgente et privée avec M. Holz, de la part du cabinet Brossard... Oui, je comprends et je le sais bien, toutefois glissez-lui mon nom sous les yeux, il me prendra tout de suite... (Très long silence.) Monsieur Holz ? Cabinet Brossard. Cela vous intéresserait-il de recommencer notre petite affaire de l'autre jour ? Hon hon... 15 % cette fois-ci. Non, du même ordre d'importance... Très bien, monsieur Holz, nous vous rappellerons pour les modalités.

Il raccrocha, feuilleta fébrilement son carnet et fit un autre numéro. Ça sonna longtemps.

– Monsieur Costenzo ? Ici le cabinet Brossard. Non, Brossard, c'est ça... Oui, je voulais vous en parler, justement... Bien sûr, qu'on peut s'entendre... Vous m'êtes sympathique aussi... On recommence quand je veux ? Mais c'est pour ça que je vous appelle, Costenzo. Mais tout d'abord, rafraîchissez mes souvenirs : l'argent que vous m'avez apporté, c'était bien mon assistante qui vous l'avait donné, c'est ça ?... Ah, le matin même, oui, je vois... Et votre commission, déjà, c'était... le double, rien que ça ?... Je comprends que ça vous ait enthousiasmé, Costenzo. Vous n'avez toujours pas compris pourquoi ? Je vous expliquerai... Non, pas aujourd'hui mais bientôt... Oui, vos créanciers étaient ravis, ils vous saluent... Je vous rappellerai, Costenzo...

Il resta longtemps à contempler sa main sur le combiné téléphonique qu'il venait de reposer. Puis il se propulsa hors de la cabine et se mit à courir.

Comme les champions d'endurance qui rythment leur course d'une petite litanie régulatrice, il scandait en courant :

– La salope, le salaud, la salope, le salaud, la salope, le salaud...

24

Il commença par la salope, tout simplement parce que, en montant, son étage se présentait en premier. Lucie était en train de se déhancher dans la cuisine sur un rap endiablé, et elle ne l'entendit pas venir. Les fesses collées contre l'évier du couloir, il resta un long moment à suivre la même partie de la silhouette qui ondoyait dans la musique, et tout ce qu'il avait prévu, gifle retentissante, doigt accusateur et philippique vibrante, fut abandonné dans l'instant. Il se contenta d'aller vers la chaîne et de couper l'ampli. Lucie se retourna.

– Ah, c'est vous ! Mais qu'est-ce qui vous arrive ?

Le visage délabré de son hôte annonçait des calamités imminentes. Il s'assit derrière la table de la cuisine et dévisagea sa pensionnaire avec un regard à la Raimu, comme le premier matin où il l'avait vue apparaître dans le peignoir de sa femme.

– Toi et ton père, vous m'avez baisé jusqu'au trognon.

Elle ne s'attendait ni au tutoiement, ni à l'accusation. Le choc fut si rude qu'elle se sentit vaciller. Elle s'assit, livide, et dut tendre l'oreille tant il parlait doucement, les yeux fixés sur la porte du congélateur neuf.

– C'était bien trouvé. Blanchir du fric en passant par un cabinet de recouvrement de créances, ça ne s'était jamais fait. Une fausse dette, un vrai remboursement : simple et imparable. On invente des créanciers, et on rétribue grassement de faux débiteurs pour rendre de l'argent qui ne leur appartient pas. Et le fric revient dans le circuit, lavé de tout soupçon. Au moins assez longtemps pour le transférer dans un quelconque paradis financier. Et de quoi a-t-on besoin ? D'un crétin dans un cabinet minable, mais qui a le mérite d'exister depuis un moment. On abrutit le crétin avec une jolie marionnette qui remue des fesses sous son nez, et qui lui fait faire tout ce qu'on attend de lui. Y compris fermer sa gueule si ça tourne mal, vu qu'il est même pas au courant…

Elle se redressa en secouant la tête si fort dans le sens des dénégations qu'elle en eut le tournis. Elle dit, très vite :

– Non ! Attendez ! Vous vous trompez, là ! Je peux parler ? C'est vrai : c'est papa qui m'a envoyée chez vous, avec une idée derrière la tête. Je devais vous faire changer de clientèle, vous faire passer des pauvres aux riches, mais c'est tout !

– Pour que l'imbécile obéisse au doigt et à l'œil, il fallait un ange gardien dans la place. Tu communiquais comment, avec le papa ? Messages ? Micros ? Coups dans le plafond ?

– Je ne savais même pas qu'il était là, au-dessus ! Je le croyais à des milliers de kilomètres ! Je croyais qu'il m'avait demandé de faire ça pour pouvoir utiliser vos services par la suite.

– Jusqu'au trognon.

Elle baissa la tête et dit sourdement :

– D'accord, les premiers remboursements, Costenzo, tout ça, c'est moi qui les payais...

– Comme don magique, c'était tapé.

– Au début, c'était pour vous donner confiance. Mais après, j'y suis pour rien, je vous le jure ! D'ailleurs comment j'aurais pu faire circuler des sommes pareilles ? C'étaient des millions de dollars !

– Zerghossian, Holz et les autres, tu leur as aussi donné l'argent qu'ils devaient me rendre ?

– Non ! Pas à eux, justement ! Seulement aux petits ! Je ne comprends pas.

– Et les faux clients, les créanciers ? Ils étaient payés ? Ou ils rendaient service ?

– J'ai toujours cru que c'étaient de vraies dettes ! Et puis d'ailleurs, réfléchissez ! Additionnez tout l'argent qu'on a récupéré chez les riches, toutes les sommes qui sont passées par chez vous, et comparez avec ce que papa a détourné ! Vous êtes loin du compte.

Là, il releva la tête, ébranlé.

– Tiens, c'est vrai, ça... Le prêt du Fonds monétaire représentait dix fois plus... Qu'est-ce qu'il en a fait, de ce fric ?

– Je sais pas ! Je vous jure que je ne voulais pas vous nuire ! insista Lucie. Y avait rien de monstrueux à vous pousser vers les gros chiffres d'affaires, après tout !

Les yeux de Georges passèrent l'accusée au scanner. Les rouages tournaient si vite dans sa tête qu'il n'arrivait pas à en assurer le graissage. Elle semblait troublée, gênée, mais surtout sincèrement étonnée. Ses prunelles brillaient juste un peu plus que d'habitude, remarqua-t-il, ses prunelles translucides et profondes qui… Il se tint la tête à deux mains. Trop de questions.

– Eh bien, on va aller lui demander.

Il monta d'un étage en s'efforçant de ralentir son pas, Lucie dans son ombre, quelques marches derrière lui. Il repensait à sa défunte femme qui avait tout fait pour l'éloigner de l'influence de Sarfatoussi. Tout ce qu'elle avait pu lui dire, pour qu'il ne le fréquente plus ! Il revoyait Mireille, sa jeunesse, ses amis, et au milieu, Toussaint Sarfatoussi, nimbé d'une brume sulfureuse de gestes tourbillonnants et de mots enjôleurs, encore pleine des parfums coloniaux d'Afrique du Nord. La lente ascension l'avait calmé. Il était même si calme qu'il frappa à la porte six raisonnables petits coups.

– Qui est-ce ? dit une voix.

– C'est Georges.

La porte s'ouvrit, en même temps que la bouche du visiteur. L'homme qui se tenait devant lui n'avait plus grand-chose en commun avec le fugitif négligé de la fois précédente. Brossard comprit pourquoi Toussaint Sarfatoussi était vraiment un escroc de haut vol. Lavé, coiffé, cravaté, costume trois-pièces, tout dans son allure exprimait la classe et l'aisance. Sa mise était si éblouissante, son maintien si jeune, son visage si dynamique et avenant, qu'on aurait fait confiance à ses lacets de chaussures. Une auréole d'autorité et d'assurance émanait de son regard bleu, de sa coiffure millimétrée, de ses joues rasées de près et discrètement parfumées ; face à un capitaine d'industrie de cette envergure, le monde de la finance ne pouvait que marquer le respect.

Jusqu'au sourire affectueux dont il salua l'arrivée de son vieil ami.

– Tu tombes bien, Georges, nous devons parler. Tu vois, c'est bientôt le départ. J'attendais le milieu de l'après-midi pour venir te voir. Il y a moins de monde à cette heure-là dans ton escalier. Mais entre…

S'il constata le moindre trouble chez sa fille, il n'en laissa rien voir.

– Au fait, pourquoi n'y a-t-il pas d'ascenseur dans cet immeuble ? Ça ne m'a pas simplifié les choses. Lucie, ma chérie, il faut te préparer. Un jet privé nous attend à 22 h 40 précises, ce soir, à Villacoublay.

– Qu'est-ce que tu as fait du fric ?

– De quel fric parles-tu, Georges ?

– Le prêt africain. Dont une partie au moins est passée par mon cabinet.

– Oh, je vois. J'aurais préféré t'expliquer moi-même… Mais pourquoi dis-tu « une partie » ? Il y est passé tout entier, à ton insu. Ne le prends pas mal : c'était une solution parfaite. D'une élégance…

– Ça dépend du point de vue.

– Il vaut mieux ne pas entrer dans les détails, dit Toussaint. J'ai longtemps hésité, mais je ne pouvais pas te mettre dans la combine. D'abord, tu aurais sans doute refusé, ensuite tu aurais peut-être eu peur. Crois-moi, maintenant que tu es sur la vague du succès, tu ne retireras que des avantages de ton changement de situation, je te devais bien ça.

Sa voix doucereuse coulait comme du lait condensé tiède. Comme tout paraissait simple et sans problème quand Toussaint parlait. Georges éprouva le besoin de s'asseoir sur une caisse. Vingt ans n'avaient pas émoussé le phénomène : l'accent émollient de Sarfatoussi lui transformait toujours le cerveau en beignet aux pommes. Il perdait ses moyens, son sens critique, tout baignait dans l'huile, toujours, tout n'était qu'amour et harmonie.

– Nous, nous allons partir, Georges. Et toi tu vas rester. Si d'aventure on venait à te poser des questions, il est préférable que tu gardes ta vraie innocence…

– *Tu* vas partir, dit Lucie à son père, moi, je ne pars pas.

Georges sursauta. Toussaint fronça les sourcils.

– Voyons, Lucie. Tu dois venir. Je ne peux pas te laisser derrière moi.

– Non. Je reste. Mais dis-lui que je ne suis pour rien dans tes salades. Allez ! Dis-lui !

– Lucie, je t'en prie, ne complique pas tout, déclara Toussaint avec un sourire déjà moins engageant.

Georges se leva.

– Eh ! Elle est majeure. Elle est libre de choisir.

– Toi, ne te mêle pas de ça !

Il saisit sa fille au poignet.

– *Ne la touche pas !* hurla Georges.

Toussaint, surpris, lâcha sa fille et se tourna d'un bloc. Sous l'effet de la colère subite, son visage avait mué : le regard assassin, la bouche déformée par un rictus de gouape, la main suspendue en cornet interrogatif dans un mouvement tournant des trois doigts.

– Qu'est-ce que tu as dit ? Tu m'ordonnes de ne pas toucher ma fille ? J'ai bien entendu ?

Il saisit Georges au collet et lui cracha à la figure une haleine qui sentait le dentifrice et l'Hextril.

– Pourquoi ? Tu l'as touchée, toi ? Si j'apprends que tu as posé la main sur elle, vieux satyre incestueux, je te tue.

La scène atteignait une telle tension dramatique qu'on se serait cru au tribunal civil de Sartène (Corse-du-Sud).

– Toussaint ! Tu es fou !

– Peut-être pas.

Dans un réflexe de défense pitoyable, Brossard saisit son agresseur par les pans de sa veste et le secoua avec la même énergie ; il était le plus gros, l'autre était le plus grand, on avait l'impression que tous les deux dansaient un tango. Lucie éclata en sanglots.

– Arrêtez ! cria-t-elle.

– Tu l'aurais collée dans mon lit, ta fille, si ça avait pu te servir ! cracha Georges, tremblant de rage.

– Si tu oses te mettre en travers de mon chemin, je t'extermine, dit Toussaint. Lucie va venir avec moi, toi tu vas retourner dans ta bauge et la boucler.

– Non ! hurla Lucie. Georges ! Le laisse pas faire ! C'est pas un père, c'est un monstre ! Je le déteste ! Je veux pas partir avec lui !

– Lâche-moi ! ordonna Georges, à demi étouffé. Tu ne sais pas de quoi je suis capable !

– Toi ? s'esclaffa Toussaint. Tu serais capable de quelque chose ?

– Laisse Lucie tranquille, et tu pourras partir comme tu veux, tenta de négocier Brossard en continuant à se dandiner. Pourquoi tu tiens tant à l'emmener ? Tu as peur qu'elle parle ?

– Mais elle ne sait rien, crétin ! Je n'ai pas eu besoin d'elle pour t'entuber !

– Lâche-moi ! hurla Georges.

Il tomba en arrière, et son poids entraîna son adversaire, déjà trop penché. Accélérant le déséquilibre par un mouvement du genou, il fit basculer Sarfatoussi par-dessus son corps. Ce dernier, pris au dépourvu, ne put amortir le choc et roula vers le salon où il termina sa chute à demi assommé, dans un tintamarre de boîtes et de poubelles renversées. Georges le poursuivit en rugissant :

– Je vais me le faire ! Ce salaud a foutu ma jeunesse en l'air, il va pas bousiller ma vieillesse, maintenant ! Merde à la fin !

Il lui sauta dessus de tout son poids, comme il l'avait vu faire à la télé dans un match de sumo.

– Houuhôôrpfff, fit l'escroc en se vidant de son air.

Tandis que l'assaillant tentait de lui bloquer les bras avec une seule main, profitant de ce que l'autre était encore groggy, il cria à Lucie :

– Cherche où il a planqué son flingue ! Et trouve une corde !

Elle courut dans tous les sens alors que Georges donnait des claques à son vieux copain.

– Tu vas me foutre la paix une fois pour toutes, dis, hein ? Qu'est-ce que j'ai fait pour avoir une malédiction comme toi dans ma vie ?

– Bon, ça suffit maintenant, lâchez-le, ordonna une voix pointue s'élevant au milieu de la pièce.

Georges et Lucie crièrent de saisissement : il y avait quelqu'un dans la tente, ils n'avaient pas pensé à regarder.

– Thérèse !

Elle était sortie de sous la toile avec sa tête des grands jours. Sourcils froncés, lèvres serrées, hygrométrie à zéro. Le P. 38 semblait énorme dans la main maigre mais elle n'en paraissait ni gênée, ni intimidée.

À ce cri, Toussaint reprit conscience.

– Thérèse ! Mon amour ! s'écria-t-il. Un peu plus, il m'assassinait !

– Thérèse, son amour, répétèrent Lucie et Georges en levant les bras.

25

– Regarde l'état où il m'a mis, cette grosse vache, geignit Toussaint en inventoriant les dégâts sur son costume.

– Thérèse ! Mademoiselle Mititei ! balbutiait Georges. Qu'est-ce que vous… qui vous… vous n'allez pas…

Il louchait sur le trou noir du canon.

– Non, mais comment j'ai pu rester si longtemps avec un salsifis pareil ? dit la secrétaire en contemplant son patron.

Toussaint désigna sa fille :

– Bon, je vais enfermer cette emmerdeuse dans la penderie. Les baby-sitters ne devraient plus tarder.

Tandis qu'il poussait Lucie vers la porte, les yeux de Mlle Mititei croisèrent ceux de Brossard. Celui-ci était à deux doigts de se jeter sur le pistolet rien que pour avoir une explication.

– C'est à cause de l'amour, soupira-t-elle avec un regard chaviré. Ah… Vivre d'amour et de sable sec… En tout cas, votre ami Toussaint, il n'a pas la peau moite, c'est si rare, chez les hommes.

Un bruit de clé retentit dans le corridor et ledit Toussaint revint, fringant et amène, comme si rien ne s'était passé.

– Explique-lui, mon chéri, veux-tu ? demanda-t-elle. Il me fait pitié, avec ses yeux de sardine cuite. Tu peux bien tout lui dire, maintenant.

Toussaint rajusta sa tenue devant une glace, s'empara de la corde qui traînait par terre et entreprit de ligoter les mains et les avant-bras de son vieil ami tout en parlant.

– C'était il y a six mois. J'étais venu à ton cabinet voir si tu pouvais me prêter une ou deux briques. J'appréhendais le débris que j'allais trouver après vingt ans et c'est un trésor que je découvre avant de franchir la porte de ton bureau, où d'ailleurs tu n'étais pas. Une perle de beauté non corrompue, une fragile inflorescence de calcaire, un cerveau de génie dans un écrin de ciselures, une madone du calcul prévisionnel, une étoile de l'imagination financière, oubliée là par l'injustice et l'aveuglement des hommes ! Tiens-moi le nœud que je puisse serrer. Son talent d'organisatrice méticuleuse, joint à mon audace et à mon savoir-faire, ça ne pouvait donner que de grandes choses. Durant ses années de claustration sordide avec un être de misère comme toi, elle avait eu le temps d'accumuler des idées plus géniales les unes que les autres. Entre elle et moi, ça a été le coup de foudre immédiat. La plus grosse escroquerie de ma carrière était en train de foirer lamentablement, j'étais là, à paniquer sur un immense tas d'or auquel je ne pouvais pas toucher sans me brûler, c'est elle qui a tout résolu, tout organisé…

– Mademoiselle Mititei…, hoqueta Georges.

Toussaint rigola et fit tourner le ligoté.

– La cheville ouvrière ! C'est elle qui a ouvert une cinquantaine de comptes au nom du cabinet Brossard, qui a mis sur pied toutes les créances fictives, qui a tenu une double comptabilité dans laquelle se perdrait un expert, qui a effectué dans les règles des transferts parfaitement légaux de ton cabinet vers une douzaine de banques, à Antigua, à Vanuatu, aux Caïmans, aux Bermudes, à Panamá, à Saint Christopher and Nevis, des noms qui font rêver autant les touristes que les agents de change. Et tout ça sous ton nez, sans que tu bronches ! C'est elle qui a eu l'idée de t'envoyer Lucie. Une idée géniale de plus. Bref, tout ce que ta merveilleuse secrétaire a prévu s'est accompli. Et maintenant, Thérèse et moi allons nous marier à Saint-Vincent et partir en voyage de noces à Trinité-et-Tobago.

– Quand je pense qu'il m'a fait faire les peintures, ce triton !

Le loser hocha la tête, avec une grimace de loser.

– Jusqu'au trognon..., répétait-il, abasourdi.

– Évidemment, si bigleux sois-tu, ça n'a pas toujours été facile. Pour les communications d'urgence on a eu recours à des codes, à des stratagèmes au téléphone...

– Le pornographe ! L'obsédé sexuel ! C'était toi ?

– Eh oui, encore une idée de Thérèse. Comme ça, je pouvais appeler autant que je voulais : si je tombais sur toi, ce n'était pas suspect...

L'ex-secrétaire regarda sa montre :

– Mon Stavisky adoré, il nous reste cinq heures avant le décollage, faudrait voir à pas trop perdre de temps.

– Oui, ma rose des sables.

– Mais pourquoi tu veux emmener Lucie contre son gré ? demanda l'entravé.

– Tu vois ? Je te l'avais dit, qu'il avait le béguin, fit Thérèse en rangeant le pistolet devenu inutile.

Toussaint s'écarta pour admirer son œuvre de matelotage et l'estima assez réussie. Le colis ne pouvait bouger que les jambes.

– Pauvre Georges ! Ce qu'il y a de bien, chez toi, c'est que tu n'es jamais plus ridicule que d'habitude. Allez, en route, on descend d'un étage. Si jamais t'as envie de faire du scandale dans l'escalier, te gêne pas.

Ils passèrent dans le corridor. La porte de la penderie vibrait sous les coups de poing et de pied de Lucie.

– Elle aussi, faudra la calmer, dit Thérèse.

Pour la première fois en dix ans qu'elle posait le pied dans le foyer de son patron, elle se serait crue plus émue. Elle toisa les lieux, les narines pincées, avec une moue de mépris, tandis que son amant poussait le prisonnier vers le bureau.

– C'est incroyable, commenta Toussaint en tâtant la porte blindée de fabrication maison. Il craignait une attaque des panzers, ma parole.

Il fit jouer plusieurs fois le battant en observant la roulette qui couinait sur le lino.

– Il est vraiment dingue, hein... Enfin, pour une fois que ça servira à quelque chose.

– Vous allez pas m'enfermer là-dedans ! cria Georges.

– Juste le temps qu'on décolle.

À tout hasard, Brossard se mit à hurler :

– Au secouuuuurs ! À l'aiiiide !

Les deux autres le laissèrent faire sans s'émouvoir. Ils attendaient que ça se passe.

– C'est tout ? demanda Thérèse quand il s'arrêta pour reprendre son souffle.

– Mon pauvre Georges, répéta Toussaint. Et même si un de tes chers voisins venait t'aider, que ferais-tu ? Tu appellerais la police ?

Il poussa le téléphone vers lui.

– Si tu y tiens vraiment, je les appelle pour toi. Mais réfléchis : quand les flics seront là, faudra que tu t'expliques avec eux. Et en détail.

– Tous les comptes de transferts étaient à votre nom, expliqua Thérèse, tous les documents portent votre signature, tous les actes que j'ai souscrits l'ont été sous la responsabilité de votre cabinet. L'escroc, c'est vous, monsieur Georges.

– D'ailleurs, on doit encore récupérer un stock de titres convertibles et d'actions au porteur, cachés tu sais où ? Dans ton propre classeur, tiroir du bas, celui des créances désespérées. Bref, t'es pas sorti de l'auberge, conclut Toussaint en ficelant les chevilles.

Il fit un rapide tour de la pièce, donna un coup de pied dans la montagne de lettres et s'arrêta devant la photo de Mireille.

– Ça nous rajeunit pas, dit-il en soupirant. Je l'aurais bien sautée, celle-là…

– Qui ça ? demanda Thérèse.

La sonnerie de la porte lui évita de répondre.

– Ah, ça doit être Ange et Doumé, dit l'escroc en regardant sa montre. J'avais laissé un mot.

Il alla ouvrir et fit entrer dans le bureau deux monstres aussi ténébreux que massifs, élégamment vêtus de costumes à la mode ample, qui ont l'avantage de pouvoir dissimuler un arsenal d'armes portatives sans sacrifier au confort. Chacun arborait sous de volumineuses moustaches une barbe de trois jours évoquant au choix un berger de la Balagne ou un créatif d'une agence de pub. Leur taille, autant en épaisseur qu'en hauteur, ainsi que l'expression amène de leur visage ne donnaient pas envie de s'attarder à les décrire. Ils étaient aussi rassurants qu'un rapport d'innocuité de la commission de surveillance des rayonnements nucléaires.

– Je te présente les frères Léandri, Ange et Dominique, mes gardes du corps, dit Toussaint à son prisonnier. Ils ont la particularité de faire un signe de croix après chaque règlement de comptes, de ne pas être frères, et pas de la même famille, malgré leur ressemblance. Marrant, hein ?

– Léandri est un nom assez répandu vers Propriano, dit le premier.

– C'est là que vous habitiez, patron ? dit le second en considérant les lieux avec une mine dégoûtée.

– Non, à l'étage au-dessus, mais c'est pas mieux. Montez, il y a un colis à prendre dans la lingerie. Vous l'entendrez.

– Je parie que c'est votre sauterelle, patron.

– Exact.

– Toujours aussi chiante ?

– Oui. Il va falloir la calmer pour la convoyer jusqu'à Villacoublay. C'est Thérèse qui va s'en charger toute seule, nous, on fait un détour par l'agence. Alors il faut que ma fille soit à la fois présentable et bien sage. Vous connaissez la chanson.

26

La Mercedes, grosse, noire et silencieuse, survolait la quatrième voie du périphérique. Ange conduisait, Dominique regardait Ange conduire, et à l'arrière, étalé sur les vastes sièges de cuir, Toussaint se massait les tempes en récapitulant tout ce qu'il devait faire dans ses dernières heures de citoyenneté française.

– Ralentis, dit-il au conducteur, on a tout notre temps. Thérèse s'occupe des papiers à l'aérodrome, on aura juste à sauter dans l'avion.

– Et la greluche dans les vapes, ça va pas leur faire drôle, aux argousins ? demanda Dominique.

– Crise d'hypoglycémie, on a tous les certificats.

– *Va bene.*

Quand les deux faux frères parlaient dans une auto, l'ambiance s'en ressentait : l'atmosphère de l'habitacle prenait aussitôt l'allure d'une chambre mortuaire dans un clan corse lors d'une période de vendetta. Quelque chose dans le ton, leur manière particulière de faire tomber les dernières syllabes, donnait à la moindre de leurs remarques la gravité d'une sentence capitale. Toussaint aimait ça, ça le rassurait. Entre ses deux porte-flingues favoris, il se sentait invulnérable.

– C'est pas qu'on soit en retard, dit Ange, mais faut encore qu'on aille dans le XIXe, et le vendredi soir, y a du peuple.

– Parker a répété qu'il décollerait à 22 h 40 pile, pas une minute après, renchérit Dominique.

– Il nous emmerde, ce Parker. C'est pas la SNCF.

– Il a peur des contrôles. Tous les papiers de son zinc sont bidon.

– Ben pas si vite quand même.

La voiture s'engagea sur la bretelle de sortie porte des Lilas.

– Dites, patron, demanda Dominique, c'est pas dangereux de laisser ce type derrière nous ? S'il arrive à sortir…

– De qui voulez-vous parler ?

– Ben, du gros lard, là…

– Ah, Georges…

Les yeux perdus dans le vague, Toussaint se laissa aller à des souvenirs…

– Oh non, il n'est pas dangereux, dit-il d'une voix douce. Je le connais depuis bien longtemps. Il nous a été extrêmement utile et il va nous l'être encore…

Il resta songeur quelques secondes, puis expliqua :

– Une fois sous les tropiques, il nous faudra un bon mois pour organiser une plaque efficace. Tant que la brigade financière s'acharnera sur ce type-là, on aura la paix. Et quand ils s'apercevront, s'ils s'en aperçoivent, que le pauvre garçon ne dit que la vérité, on sera intouchables. Faut seulement pas oublier de poster la lettre qui est dans la boîte à gants avant de partir.

Dominique jeta un œil sur l'enveloppe : elle était adressée aux inspecteurs Lacoque et Rougemont de la Section spéciale.

Au même moment, Brossard abandonnait. Il avait tellement hurlé qu'il en avait les cordes vocales comme des chipolatas. Quand il avait décidé d'isoler son bureau du monde, il n'avait pas fait les choses à moitié : les doubles vitrages doubles rideaux donnant sur la cour ne laissaient pas passer le moindre son, l'appartement du dessus était vide, et le blindage hermétique de son bureau, ajouté à celui de la porte d'entrée, empêchait quiconque de percevoir le moindre bruit du palier.

Il restait l'appartement du dessous. Il avait beau chercher, il était pas foutu de se rappeler qui l'occupait. Il frappa le sol de ses deux pieds liés pendant une demi-heure, en essayant de tenir le rythme du SOS. Les coups sourds ébranlaient le plancher, il se demandait combien de temps il devrait frapper avant qu'on se décide à défoncer sa porte. Une chose était sûre : jusqu'à 22 heures, aucun des copropriétaires n'aurait osé émettre la moindre objection, même pour un concert de bourrée au marteau-pilon. À 22 heures et un dixième de seconde, ils arriveraient tous avec haches, fusils, torches et huissiers, mais il leur faudrait franchir deux portes avant de le libérer. Et là, de toute façon, pour Lucie, il serait trop tard.

Il gémit de désespoir : il venait de se rappeler qu'en outre on était vendredi, et que le vendredi, la plupart des occupants de l'immeuble partaient en week-end, ce qui diminuait de moitié ses chances d'être entendu. Et l'autre moitié s'évapora d'elle-même quand une crampe impitoyable lui paralysa les chevilles.

Il retomba, inerte, sur le vieux tapis. Lorsque la douleur se fut calmée, il roula jusqu'au mur. Le seul objet en verre susceptible d'être cassé pour couper ses liens comme il l'avait vu faire dans les films était le sous-verre où souriait Mireille, hors d'atteinte. Il relâcha ses efforts, accablé. C'est là qu'allongé sur le tas de lettres jetées en vrac par Lucie il sentit une bosse inconfortable dans ses reins. Il se contorsionna derechef, creusa le tas de papiers avec son visage et exhuma ce qu'il espérait sans y croire : le téléphone en bakélite noire. Normalement, celui-ci trônait au salon à côté du sofa, mais quand elle avait fait sa campagne téléphonique, sa pensionnaire avait pris l'horripilante habitude de se balader partout avec le combiné doté d'une longueur de fil suffisante. Lucie allait contribuer à son sauvetage.

Il décrocha avec sa bouche, essaya de faire tourner le cadran avec son nez, et y parvint malgré sa fébrilité. Il n'avait plus qu'à trouver le bon numéro pour appeler au secours.

C'est alors que l'horreur de la chose lui apparut : même si on venait le libérer dans les délais les plus brefs, il n'avait plus le temps matériel d'empêcher le départ de Lucie. Il devait donc trouver des gens prêts à intervenir à l'aérodrome ou sur le chemin, pour intercepter les fuyards. Un commando de parachutistes, par exemple, très facile.

Le vide qu'il avait soigneusement organisé autour de lui pendant toutes ces années s'étendait jusqu'à l'horizon : il n'avait personne à qui téléphoner. Pas d'amis, pas de parents, pas de collègues, plus d'employée. Tout autre appel au secours, pompiers, médecin, ou vague connaissance, aboutirait inéluctablement à ce qu'il voulait éviter : la police.

Son regard éperdu fit le tour de la pièce : quatorze ans de vie gâchée s'étalaient là : les dossiers, les archives, le classeur X, les cahiers…

Des amis ? Non, il n'avait pas d'amis. Il avait bien mieux…

27

Il était 21 h 50, la Mercedes, enfin libérée des embouteillages, filait dans les rues du Plessis-Robinson, les panneaux de plus en plus nombreux annonçaient Villacoublay avec le petit avion symbolique dessiné à côté. À cette heure, Thérèse, arrivée avant eux à destination, les attendait déjà dans le parking de l'aérodrome, prête à monter dans l'avion avec son paquet groggy.

– Roulez doucement, nom de Dieu, on est dans les temps, dit Toussaint. C'est vraiment pas le moment de se faire serrer par les flics.

À un carrefour, le feu passa au rouge et la Mercedes stoppa. Devant, entre elle et le feu rouge, il y avait une Lada en ruine, aussi pourrie que bondée. Quand le feu passa au vert, au lieu de démarrer, la Lada recula doucement et vint s'arrêter contre le pare-chocs de la Mercedes avec une imperceptible secousse. La portière avant ne s'en ouvrit pas moins et le conducteur en sortit.

– Qu'est-ce qu'il fout, ce con ? dit Ange, persuadé que l'homme voulait s'excuser.

L'homme se pencha vers la vitre.

– Nous avons eu un accident, dit-il.

C'était un petit avorton édenté et grisonnant.

– Un accident ? s'étonna Ange.

– Oui, dit l'homme, vous avez cassé le feu de ma plaque d'immatriculation.

– Je lui ai cassé le feu…, dit Ange. De quoi il me parle ? C'est lui qui a reculé…

– Je ne sais pas, dit l'homme en se grattant la tête. Mais avec un choc à l'arrière, c'est vous qui êtes en tort.

Le Corse éclata d'un rire douloureux.

– T'entends ça ? dit-il à Dominique.

– Oui, mais on n'a pas le temps de rigoler, intervint Toussaint. Dites-lui de s'écarter et allons-y.

Ange arbora sa mine d'assassin la plus terrifiante.

– Dégage. On est pressés.

– En dépit de votre insolence, je crains qu'il ne vous faille remplir un constat, dit l'homme. Je ne vais pas payer de ma poche un phare que vous avez cassé.

– Il est fou, dit Ange.

– Il est maso, corrigea Dominique qui s'apprêtait à sortir pour régler le problème.

– Non, on a pas le temps, l'arrêta son chef. Poussez son tas de boue, et foncez.

Ange passa la première, releva la tête et blêmit. Devant son capot, il y avait une famille au grand complet qui venait de sortir de la Lada. La mère, deux grands fils et une fille.

– Vous n'alliez pas fuir, tout de même, dit l'homme. J'ai pris votre numéro, vous auriez un malus.

Ange se tourna vers Dominique qui soupira.

– Bon. Filez-lui 1 000 balles, s'impatienta Toussaint, et partons.

– Mais non, dit l'homme sans toucher aux deux gros billets que le chauffeur lui tendait. Je veux un constat, je vous ai dit. J'ai peut-être des dégâts cachés.

Ange, dérouté, se tourna vers son chef.

– Il comprend pas, patron. Je sors Popaul ?

Popaul, c'était son Beretta favori.

– Non, laissez-moi faire, dit Toussaint qui descendit de la voiture.

– Écoutez, monsieur, dit-il de sa voix la plus ministérielle, je suis industriel, j'ai un avion qui m'attend pour le contrat du siècle, nous sommes extrêmement pressés. Si votre voiture est endommagée, je vous en paie une autre. Je ne peux pas vous dire mieux. Comment vous appelez-vous ?

Il sortit un carnet de chèques.

– Zwröytswitzch.

– Pardon ?

– Zwröytswitzch. On ne prononce pas le z final, mais le w initial est accentué.

– Et qui nous dit que c'est pas un chèque en bois ? s'enquit un des deux fils.

– Mais qu'est-ce qu'ils cherchent, ceux-là, à la fin ? gronda Dominique en descendant de la voiture.

– Laissez-nous faire, patron, supplia Ange. On va les faire dégager.

Sur les trottoirs, quelques passants tardifs s'étaient arrêtés, amusés par la scène.

– Non, dit Toussaint. File-lui quatre briques en liquide et on se casse.

– Te fais pas avoir, Wladimir, conseilla la femme. Ils doivent aussi remplir le constat.

– Articles L 56 et L 57 du Code de la route, précisa le fils.

Les passants rigolèrent et, au lieu de donner le signal du massacre, Toussaint regarda sa montre.

– D'accord, je le remplis.

– Vous êtes malade, patron ? dit Dominique.

Le patron se contenta de lui désigner l'hôtel de ville voisin, qui laissait deviner la proximité d'un commissariat.

– Vous avez un stylo ? demanda-t-il.

– Oui, répliqua Zwröytswitzch, mais c'est le constat que j'ai pas.

Il était 22 h 20 quand, après avoir claqué sa portière avec une rage froide, Ange fit rugir le moteur et démarra en trombe.

– Des cinglés ! diagnostiqua-t-il. Il faut qu'on tombe sur une famille de cinglés.

– Non, des pirates organisés, corrigea gravement Dominique. Des rançonneurs de la route. Madone ! Les banlieues sont de moins en moins sûres.

– En tout cas, heureusement qu'on est partis en avance, fit Ange.

– Ça va, dit Toussaint. On a encore le temps de… AAAAAAAH !

La voiture fit une embardée, Dominique se retourna, le pistolet à la main.

– Qui c'est, celui-là ?

L'homme assis à l'arrière dans le coin opposé à celui de Toussaint portait un costume si sombre, était si discrètement coulé dans les sièges noirs du vaste habitacle, que son voisin ne l'avait même pas vu en remontant dans l'auto.

– Ne craignez rien, mon fils, dit l'ombre. Je vous ai vu en peine, je vous apporte mon assistance.

– Mais d'où il sort ? Qui c'est ? cria Ange qui devenait nerveux.

– On dirait une espèce de curé, dit Toussaint en constatant que l'habit noir était une soutane.

– Cardinal, mon fils. Je suis le cardinal Pieschi. L'auto du diocèse est en panne, je me suis permis de profiter de votre véhicule qui m'inspirait confiance. Je vais à côté de l'aérodrome.

Toussaint ferma les yeux en vidant l'air de ses poumons.

– Arrête-toi, Ange, gronda-t-il. On le largue.

– Patron, dit Ange, mal à l'aise, on vous a toujours obéi au doigt et à l'œil, vous pouvez nous demander n'importe quoi…

– … mais on ne peut pas manquer de respect à un homme d'Église, acheva Dominique.

– Repentez-vous, mes enfants, intervint l'ombre avec une voix sucrée. Chaque instant est opportun pour le salut de l'âme. Prions dans la grâce du Seigneur miséricordieux. *Omnia est rescipicent victa.*

– Amen, dirent les deux gardes du corps.

– Un cardinal en pleine nuit ! s'écria Toussaint. En pleine banlieue ! Et qui squatte ma Mercedes ! Et vous trouvez ça normal ?

– Pourquoi pas, patron ? dit Ange. Ça peut arriver à n'importe qui…

– Excusez-le, Monseigneur, dit Dominique, il est un peu nerveux. C'est loin, votre crèche ?

– Non, mon fils, juste à quelques rues. Respecte le juste, de lui vient la lumière.

– Saint Paul, dit Dominique.

– Saint Jean 43-2, corrigea le cardinal.

– On est pas en retard, patron, l'aérodrome est tout à côté. On peut bien faire ça.

– Ça nous portera bonheur.

– Le Seigneur soit avec vous, dit le cardinal.

– Et avec votre esprit, répondirent en chœur les deux tueurs.

Il était 22 h 30. Pour la troisième fois, la Mercedes était arrêtée au même carrefour, après avoir parcouru une bonne portion des rues de Villacoublay. De l'autre côté de la place, le cardinal hochait la tête en scrutant les lieux, soutenu par les deux Corses, parce qu'il avait du mal à marcher.

– Et pourtant, j'aurais juré que la mission était dans cette rue, chevrotait-il. Mais ces maisons ne me disent rien…

– Dix minutes ! Parker décolle dans dix minutes ! gronda Sarfatoussi qui les avait suivis dans l'espoir d'accélérer le mouvement.

– Est-ce qu'on ne pourrait pas retourner à la rue où nous étions tout à l'heure ? demanda le cardinal.

– Monseigneur, sauf votre respect, là, on n'a vraiment plus le temps…, s'excusa Ange.

– Mon fils, vous avez déjà été si charitable, et j'abuse, dit le cardinal. Recevez ma bénédiction. *Pro propriat deleter acquiescat in vitro…*

Il ajouta à voix basse et en jetant des regards autour de lui :

– Vous ne voulez pas acheter une calculatrice ?

– Pardon, Monseigneur ?

La voix tremblante et comminatoire de leur employeur les rappela à l'ordre. Mais ce qui fit accélérer le mouvement, ce fut surtout le timbre enfantin d'une petite fille qui s'éleva dans la nuit, de l'endroit précis où se trouvait la limousine :

– Papa ! Papa ! Y a Michael qu'a crevé les pneus de la grosse voiture !

Les truands arrivèrent sur les lieux du drame en même temps que le papa en question. Deux enfants jouaient sur le trottoir derrière la voiture, le garçon menaçait sa petite sœur avec le pic à glace dont il venait de se servir. Au lieu de lui arracher l'arme, le père se jeta à genoux et se répandit en une cataracte de désespoir :

– Mon Dieu, mon Dieu ! Qu'avez-vous fait, misérables ? Votre pauvre père n'a pas assez d'ennuis comme ça pour l'accabler encore ! Abîmer la roue d'une voiture aussi belle ! Combien ça va coûter encore !

Il leur fila deux beignes, les deux enfants éclatèrent en sanglots, accompagnés par tous les chiens du quartier, tandis que Toussaint, incrédule, tentait de se persuader de la réalité de sa vision : la Mercedes pitoyablement penchée sur deux omelettes noires. Il fut bousculé par l'épouse et mère, laquelle, terrassée par l'étendue du désastre, se mit aussitôt à hurler à pleins poumons des chants lamentatoires grecs. L'homme repartit de plus belle, en pleurnichant d'une voix geignarde :

– Oh, monsieur, je vous jure que je vous rembourserai tout ! Je suis malade, je suis à la rue, mais je vendrai mes enfants pour vous payer, ils ne me procurent que des tourments et d'ailleurs je ne peux pas les nourrir, oh, que je suis malheureux !...

Toussaint s'ébroua. Il dit seulement :

– On y va à pied.

Il s'élançait, lorsque l'homme le retint par la veste.

– Oh, monsieur, ne partez pas ! Je vous en supplie ! N'allez pas chercher la police. Je ne suis pas assuré mais je suis honnête ! Je m'appelle Mancillon ! Voilà mes papiers ! Ma carte d'identité ! Prenez-les ! Prenez-les, c'est une garantie !

– Que vous arrive-t-il, mon fils ? Pourquoi tant de détresse ? s'informa le cardinal qui s'était approché en boitant, attiré par le bruit.

Les volets des maisons alentour s'ouvrirent et les lumières s'allumèrent.

– Non, mais c'est pas un peu fini, ce bordel ?

– Appelle les flics, Roger !

Tandis que le saint homme tentait de ramener la paix en arrosant la scène de bénédictions qu'il chantait de plus en plus fort pour surmonter le vacarme, Mancillon s'accrochait à Toussaint, s'empêtrant dans sa veste, arrachant ses poches, pleurant et bavant.

– Un coup monté ! C'est un coup monté ! hoquetait Sarfatoussi. Dégagez-moi, vous autres !

Il traînait l'épave éplorée sur le bitume et tentait de s'en libérer à coups de poing et à coups de pied. Enfin, les deux gardes du corps saisirent l'hystérique chacun par un bras, mais ça n'était pas si facile : les deux enfants s'étaient jetés sur eux pour défendre leur père, en braillant et en tapant à coups de pic à glace, tandis que le cardinal de plus en plus excité tentait de s'interposer en brandissant un crucifix.

– Mon fils, que faites-vous là ? Pourquoi ces brutalités ? *Et filitosa et in principio !* Par la grâce de Dieu, prions ! Aimons-nous ! Étreignons-nous !

Soudain, des phares illuminèrent le carrefour : c'était la Lada qui déboulait, Klaxon à fond, et Zwröytswitzch, penché à la fenêtre, criait :

– Arrêtez-les ! Il ne m'a pas donné son numéro de contrat d'assurance !

– Tirez dans le tas ! glapit Toussaint d'une voix suraiguë.

Les deux Corses enfouirent la main sous leur veste pour saisir leurs armes : ils ne les avaient plus. Avec un rugissement de haine, l'escroc parvint à se dégager.

– Allez-y, patron ! Laissez tomber la bagnole. On vous rejoindra plus tard ! souffla Ange, à moitié étouffé sous la soutane du cardinal.

Zwröytswitzch tenta de manœuvrer pour couper la route au fugitif, mais le virage était trop serré et la Lada alla s'enfoncer dans une grille de jardin, déclenchant une douzaine de sirènes d'alarme (celle de la boîte aux lettres, celle de la porte droite, celle de la porte gauche, celle des voisins, etc.).

Toussaint était déjà loin. Sans une pensée pour l'admirable abnégation de ses gardes du corps, vrais professionnels comme on n'en fait plus, il courait à perdre haleine le long de ruelles indistinctes, dans une direction approximative qu'il croyait être celle du salut. Quand il déboucha sur le boulevard, il n'en crut pas ses yeux : cinq cents mètres devant lui, de violentes lampes au mercure signalaient les bâtiments de l'aérodrome. L'avion l'attendait là, sur l'aire de gauche, après l'aéroclub, on entendait déjà les moteurs. Le fugitif accéléra son sprint tout en essayant de se rappeler si sa montre était réglée à l'heure précise. Elle indiquait 22 h 38. Parker ne pouvait pas ne pas l'attendre, même coincé par des histoires de plan de vol et d'autorisation de décollage, il n'était pas à une minute près, la première chose qu'il ferait en Amérique du Sud serait d'acheter un avion à lui pour ne pas avoir à dépendre du bon vouloir d'amis plus ou moins sûrs qui…

Il n'avait plus que cent mètres à parcourir. Les yeux braqués sur la grille, il ne vit pas la chose sombre qui déboula sur lui, jaillissant de derrière une camionnette. La créature le prit par-derrière et le frappa à l'articulation des genoux, le forçant à plier les jambes ; il crut tomber sur le dos, mais non. Il mit plusieurs secondes à comprendre ce qui lui arrivait : il était assis sur un fauteuil roulant qui roulait de plus en plus vite, sur les genoux d'un vieillard décharné et cauchemardesque. Avec des glapissements sadiques, le fossile avait jeté son engin sur la pente opposée à la direction de l'aérodrome. Et plus l'appareil prenait de la vitesse et plus la créature cadavérique couinait de triomphe. Toussaint voulut sauter sur la chaussée, il ne parvint qu'à déséquilibrer l'équipage et le fauteuil roulant alla finir sa course dans un rassemblement de grandes poubelles en plastique, non sans que son conducteur ait crié « Vive le Maréchal ! » au moment pile où il était éjecté du fauteuil. À moitié assommé, la tête enfouie dans un coussin d'ossements de poulet et de marc de café, Toussaint Sarfatoussi entendit au loin des moteurs vrombir de plus en plus fort, de plus en plus fort, et s'éloigner vers l'ouest. Avant de s'évanouir, il se dit qu'il n'aurait peut-être pas dû payer Parker avant le rendez-vous.

28

Aux confins de l'aérodrome, dans un secteur désert, deux ombres marchaient en courbant le dos le long des balises et des grillages.

– Par ici, monsieur Brossard, disait Zwröytswitzch à voix basse en guidant son compagnon à travers les hautes herbes.

À la limite de la piste, ils rejoignirent un groupe de corps allongés dans les pissenlits. Il y avait la famille Mancillon au grand complet, les époux Zwröytswitzch, et le couple Costenzo qui était arrivé après la bataille.

– J'ai eu une panne de Harley, chuchota ce dernier, l'air désolé.

Brossard s'allongea à côté des autres. Tous les yeux revinrent se fixer sur la Toyota immobile à une quarantaine de mètres, dont la silhouette se découpait dans la lueur des lointains projecteurs...

– Elles sont là toutes les deux, dit l'endetté professionnel en désignant la 4 x 4.

– Vous arrivez à point, monsieur Brossard, le salua Mancillon. On savait plus trop quoi faire...

– Et qu'est-ce qui s'est passé, après ? demanda Georges.

Zwröytswitzch reprit la suite de son récit :

– Les flics ont rappliqué et ont embarqué les deux gros moustachus. Ils voulaient nous embarquer aussi mais, juste à ce moment, votre cardinal a piqué sa crise. C'est quelque chose, hein. Les flics ont eu assez à s'occuper avec lui, on s'est éclipsés discrètement. Voilà, mission accomplie, nous avons dûment mérité le prix convenu. Ça a été très dur. Surtout de refuser 40 000 francs en espèces. En ce qui me concerne, je préfère le liquide.

– Tss, tss, fit Brossard en désignant la voiture du menton. Vous en avez arrêté un, mais le travail ne sera fini que quand j'aurai récupéré la fille. C'est ça qui était convenu.

– C'est vrai que cette sorcière, c'est votre secrétaire ? fit Zwröytswitzch, l'air goguenard.

– Laissez, je vais m'en occuper, intervint Costenzo. Je la connais, celle-là. J'ai remarqué que j'exerçais sur elle un véritable maniérisme sexuel. Comme avec Chantal.

– Magnétisme Ducon, rectifia ladite Chantal, qui fumait une cigarette en regardant les étoiles.

– Ouais, c'est ça. Elle est à ma botte, votre pétasse racornie, je la tringle quand je veux.

– En l'occurrence, il s'agit plutôt de récupérer le gros pistolet avec lequel elle pourrait faire des bêtises, dit Brossard.

– Yahr yahr, rigola Costenzo. On va faire un échange standard. Restez planqués, vous autres. Faut qu'elle croie que je suis seul.

Il se leva et marcha vers la Toyota d'un pas de promeneur tandis que Mancillon chuchotait :

– Par la Sainte Vierge, Gisèle, vas-tu empêcher les enfants de jouer avec ces armes ? Ils vont finir par se blesser !

Il fallut négocier un bon moment avant que les deux gamins consentissent à lâcher les Beretta qu'ils avaient conquis de haute lutte.

– Mais taisez-vous ! implora Georges.

Costenzo venait d'atteindre la voiture. Du peu qu'on pouvait en distinguer à cause du contre-jour, il semblait discuter. Le conciliabule dura un bon moment et l'envoyé spécial regagna ses lignes, penaud.

– Elle est givrée, cette morue ! Elle a failli me défoncer la gueule ! Je me suis penché par la portière, elle était derrière moi. Connasse ! Salope ! C'est la première fois de ma vie que je cause avec un flingue dans l'oreille.

– Mais encore ? demanda Georges, nerveux.

– Elle sait que vous êtes là. Si on approche, elle descend la fille. Si on l'empêche de partir, elle descend la fille et si on l'emmerde encore…

– … elle descend la fille, conclut Mancillon, sagace.

Georges se dressa et s'avança vers la voiture jusqu'à être à portée de voix.

– Mademoiselle Mititei ! cria-t-il. C'est moi, M. Georges ! Vous m'entendez ?

L'absence de réponse l'incita à parler vite.

– Je vous propose un marché ! Dans la famille Sarfatoussi, je vous donne le père, et vous me donnez la fille !

Il plissa les yeux pour discerner un quelconque mouvement à l'intérieur de la 4 x 4. Sans la certitude que les jeunes Zwröytswitzch cernaient la voiture par l'autre côté, il aurait juré que les occupantes en étaient parties.

– Mademoiselle Thérèse ! Vous me connaissez mieux que quiconque ! En dix ans de collaboration quotidienne, vous savez que j'ai toujours respecté ma parole donnée.

– Évidemment, vous ne la donniez jamais ! répondit enfin la voix de la secrétaire.

Brossard poussa un soupir de soulagement.

– Il n'y a que moi et nos vieux clients, ici, cria-t-il. Vous en connaissez la plupart ! Le classeur X ! Rendez-moi Lucie, je vous rends Toussaint, et vous pouvez partir.

– Et l'avion ?

– Vous trouverez bien un moyen de quitter le territoire.

– Vous n'avez pas prévenu la police ?

– Ni la police, ni personne d'autre…

– Amenez-moi Toussaint, d'abord.

Sur un signe, Mmes Mancillon et Zwröytswitzch poussèrent le fauteuil roulant où était ligoté Toussaint, accompagnées par les glapissements de son légitime occupant, Birague Fernand, héros de la nuit, présentement adossé à un bidon d'huile.

– Faites attention à mon fauteuil, souillons ! Il a déjà deux rayures ! Je vais encore perdre de l'argent, dans cette histoire !

L'ex-secrétaire, descendue de la voiture, le pistolet toujours soudé à sa main, regardait approcher le groupe.

– Arrêtez ! cria-t-elle lorsqu'ils furent à une quinzaine de mètres. Libérez-le. Et laissez-le venir.

Les deux femmes dénouèrent les nœuds, ôtèrent le bâillon, et Toussaint Sarfatoussi se leva en titubant, abattu et défraîchi. Encore dans les vapes, il se frotta les yeux et les membres, cherchant à comprendre ce qui se passait.

– Une seconde, le retint Georges. Où est Lucie ?

– Ici, répondit la diabolique maîtresse. Elle dort. Vous pouvez venir la chercher, mais vous seul. Entendu ? Amenez Toussaint.

Les deux vieux amis avancèrent vers la voiture.

– Prends le volant, ordonna-t-elle à son amant.

– Thérèse ! Tu n'es pas partie ! s'exclama celui-ci, les yeux mouillés de larmes.

– Imbécile ! C'est toi qui avais tout, et ton type n'a pas voulu nous embarquer sans toi !

Pendant que l'escroc faisait le tour de la Toyota, Thérèse s'avança devant son ex-patron et lui brandit le pistolet sur l'estomac.

– N'avancez plus, monsieur Brossard. Nous partons avec Lucie. Je suis désolée pour le mensonge. Reculez.

Avec des gestes lents, Georges recula de deux pas, mit la main dans sa poche et en sortit un autre pistolet. Il le braqua symétriquement en direction de son employée, ce qui n'eut pour effet que de la faire éclater de rire :

– On a l'air malin comme ça ! Voilà où ça mène, dix ans de bureau en commun ! Allez, soyons sérieux. Vous n'avez aucune chance ! D'abord parce qu'il faut bien plus qu'une arme pour me faire peur, et ensuite, moi, je n'hésiterai pas à tirer, alors que vous…

– Il y a une autre différence, dit Georges. C'est que votre pistolet est vrai et le mien est un jouet en plastique.

Elle cessa de sourire.

– Pourquoi vous me dites ça ?

– C'est un pistolet à eau et le réservoir est plein à ras bord… Vous pouvez tirer, à la distance où je suis, je vous raterai pas.

Thérèse Mititei baissa son arme.

– Vous n'allez pas faire ça, dit-elle d'une voix tremblante.

– Je ne craindrais pas d'hésiter.

– C'est bon, prenez la fille.

– Thérèse, gémit Toussaint. Tu ne vas pas...

– Toi, ta gueule.

Tenant sa secrétaire en joue, Georges s'approcha de la voiture. Du pied, il poussa la portière arrière et jeta un coup d'œil à l'intérieur. Allongée sur le siège arrière, Lucie dormait comme une bienheureuse.

– Un vieux birbe comme vous avec une jeune pousse comme elle, c'est dégoûtant, fit Thérèse sans toutefois quitter des yeux la petite goutte d'eau qui perlait au bout du canon de plastique.

– Le jour où j'aurai besoin d'un rapport d'éthique, c'est pas à vous que je viendrai demander. Han !

Le Han ! parce qu'il venait de charger Lucie sur son dos. Il ramena son paquet vers les hautes herbes, sous les applaudissements de ses mercenaires, qui semblaient de plus en plus ravis de l'aventure.

– Hein, Gisèle, que c'est mieux que la télé ? répétait Mancillon.

Dans le bruit du moteur de la Toyota qui s'éloignait, Brossard posa délicatement son fardeau sur le sol, rendit le jouet au garçon qui le lui avait loué et chercha le pouls de la jeune fille.

– Je me demande ce qu'ils lui ont fait avaler, dit-il.

À ce moment, deux silhouettes noires en uniforme surgirent de derrière le mur du cabanon voisin, accompagnées de deux faisceaux de lampes électriques.

– Mais qu'est-ce que vous foutez là ? cria une voix indignée. Où vous vous croyez ? C'est pas un terrain de pique-nique, ici !

Les armes et les cordes disparurent avec la vitesse de manipulation de vieux professionnels.

– On promène papy qui faisait une crise de claustrophobie, dit Zwröytswitzch en désignant les deux épouses qui recalaient Birague sur son siège.

– Ah oui ? En pleine nuit ? Dans un aérodrome ? Vous n'avez rien à faire ici, c'est interdit au public.

– Et celle-là, qu'est-ce qu'elle a ? demanda le deuxième gardien en éclairant Lucie.

– Elle dort, dit Brossard.

– C'est louche, dit le premier gardien, vous allez nous suivre au bureau.

– Un instant, dit Zwröytswitzch. Puis-je voir votre carte ?

– Oui, renchérit le fils. Dans les enceintes aéroportuaires, le règlement du personnel de surveillance spécifie que les patrouilles doivent se faire à trois avec un chef d'équipe et munis des passes réglementaires. Article K 17 à 22. Où est votre collègue ?

– Non mais…, commença le gardien.

Sa lampe éclaira Costenzo qu'il n'avait pas encore aperçu. Les femmes gloussèrent.

– Hé, tranche d'étron, t'as entendu ce qu'il t'a dit ? fit seulement ce dernier.

– Allez chercher votre voiture, demanda Georges à Zwröytswitzch.

– Ces messieurs vont vous accompagner, suggéra Mancillon.

– Et tout de suite après, on réglera nos petits comptes, hein ? dit Zwröytswitzch à Georges en s'éloignant.

8 heures du matin, aéroport de Roissy. Le haut-parleur annonce : « Les passagers du vol Iberia 713 à destination de Buenos Aires sont attendus porte 20. »

– Tu vois, c'est pas plus compliqué que ça, dit Sarfatoussi en s'étalant dans le large fauteuil du salon des premières classes. J'ai toujours une identité de secours pour les cas d'urgence. Dans sept heures, on est infiniment riches dans l'hémisphère Sud.

Thérèse est assise droite sur le rebord de son siège, les mains crispées sur son sac. Elle jette autour d'elle de petits coups d'œil méfiants.

– Sauf qu'une partie est restée dans le coffre de la Mercedes et une autre sur des comptes dispersés en Océanie au nom de ta vipère de fille ! grimace-t-elle.

– Avec ce qui nous reste, on a de quoi acheter une capitale de province de grandeur moyenne... Détends-toi, ma chérie, le crime paie toujours. On a plus rien à craindre, il est loin, le temps où il fallait des fins morales dans les romans.

« Ding dong, fait le haut-parleur. M. Sarfatoussi-Zeller-Foch-Kreutzer-Lipton est invité à se présenter au comptoir d'information. »

L'appelé croit mourir d'un arrêt du cœur. Couvert d'une sueur glacée, il se dresse sur son siège.

– L'enculé ! Il nous a donnés ! Il va payer ça !

Tous les deux se trouvent coincés dans la salle d'accès aux avions. Deux seules issues : celle des douaniers, et celle du personnel navigant, à côté du comptoir d'information. Toussaint se lève, s'avance vers celui-là avec le pas d'un condamné à mort.

– Je suppose que c'est la police qui me demande, dit-il à l'hôtesse, pour s'épargner la douleur de se l'entendre dire.

– Ah non, fait celle-ci. C'est ce monsieur, là.

L'homme qui est accoudé de dos au comptoir se retourne. Un large sourire jaunâtre illumine sa face noire.

– Eh bien, monsieur Zeller, vous ne me reconnaissez pas ?

– Ca... ca... capitaine, fait Toussaint en déglutissant. Quelle surprise. Sans votre tenue léopard, vous n'êtes plus le même.

– Un ami commun m'a prévenu de vos projets de voyage, monsieur Zeller. Je crains qu'il ne vous faille les modifier.

Mlle Mititei s'approche.

– Qu'est-ce qu'il veut, le bamboula ?

– Thérèse, ma chérie, je t'en prie...

L'officier accentue son sourire.

– Il y a un vol direct pour Bambara dans une demi-heure, dit-il. Je vous invite à le prendre avec moi. Une fois chez nous, nous parlerons affaires. Le président est impatient de vous rencontrer.

– Et vous comptez m'y forcer ? demande Toussaint.

– Mais oui. À moins que vous ne préfériez une autre solution.

L'escroc considère la demi-douzaine d'athlètes mosso-bolossais en costume sombre qui accompagnent le chef de cabinet.

– Je proteste ! C'est une nouvelle affaire Ben Barka !

– Allons, vous vous plairez, chez nous, monsieur Zeller. Et je sens que madame va y être à l'aise. On a justement besoin de bras pour l'irrigation.

29

La première chose qu'elle vit en ouvrant les yeux fut la frimousse fripée et lubrique de Fernand Birague penchée sur elle.

– Au secouuuuurs ! hurla-t-elle en lui envoyant un coup de poing sur le nez.

Georges accourut.

– Lucie ! N'aie pas peur ! Tu es à la maison ! Hors de danger !

– Mon père ? Et les autres ? Où sont-ils ?

Elle était allongée sur le sofa du salon en L. Comme elle tentait de redresser la tête en grimaçant de douleur, il lui passa un bras derrière les épaules.

– Ils sont loin et pas près de revenir, dit-il en lui tendant une tasse de café. Tiens, bois ça.

– Salope ! Croupion ! Putain bolchevique ! cria SuperRadin à travers ses larmes en se tenant le nez.

– Que s'est il passé ? demanda-t-elle après avoir avalé une gorgée.

– Je te raconterai tout. Pour le moment, je suis en train de parler affaires avec mes amis.

– Tes amis ?

– Oui, c'est grâce à eux, je t'expliquerai. Et si ce vieux dégueulasse essaie encore de te peloter, cogne-le.

– Vieux dégueulasse, couina Birague. Il s'est pas regardé !

Il revint dans son bureau cuirassé, seule pièce de l'appartement où tout le monde pouvait tenir. Les enfants Mancillon s'étaient endormis sur le matelas de lettres, les fils Zwröytswitzch fouillaient dans les archives et feuilletaient les cahiers, la fille mangeait des glaces, Costenzo liquidait le whisky et le rosé, et les trois femmes, assises sur la grande table, buvaient du café.

– Alors ce pognon, il vient ? dit Costenzo.

– Oui, cher ami, renchérit Zwröytswitzch, il se fait tard et je dormirais bien un peu...

Brossard prit son souffle.

– Eh bien voilà, mesdames et messieurs. C'est une arnaque, je n'ai pas un centime à vous donner, je suis ruiné, lessivé.

Un silence de mort tomba dans la pièce.

– Je viens de vérifier, je ne suis pas en mesure de tenir le moindre de mes engagements. Tout a été ratiboisé par l'escroc que vous m'avez aidé à rattraper.

– Et que vous avez laissé partir ! suffoqua Mancillon.

– Mais vous le savez, je suis l'honnêteté même, poursuivit Georges. Je suis donc prêt à vous signer toutes les reconnaissances de dettes équivalentes aux sommes promises.

– Des reconnaissances de dettes ! À nous ! Il veut faire de nous ses créanciers ! hoqueta Zwröytswitzch, blême.

– Il se fout de notre gueule, éructa Costenzo.

– Vous allez au-devant de graves ennuis, cher ami, reprit Zwröytswitzch. Éveiller des espérances de gains substantiels et les décevoir, c'est très dangereux, chez des gens comme nous.

– Ça se fait pas. Non, ça se fait pas, ajouta Mancillon qui cherchait de l'œil les Beretta.

– C'est pourquoi j'ai une solution, proposa Georges. Je vous donne tout ce que je possède : cet appartement et son contenu, mon agence et sa clientèle haut de gamme. Croyez-moi, c'est une excellente affaire, si vous savez la mener. Très saine.

– Ce coup-ci, je vais vraiment me le faire, gronda Costenzo. Depuis le temps que j'en ai envie...

– Un instant, dit Zwröytswitzch. L'appartement, c'est de la bougnette, mais l'agence... Ce qu'il dit n'est pas faux, j'en ai entendu parler...

– Vous pourriez partager, à tous, insista Brossard, vous répartir les clients, je sais pas, moi, former une société anonyme, ou une copropriété...

– Et vous feriez ça formellement ? Devant notaire ?

– Absolument.

Zwröytswitzch se tourna vers les autres.

– Ça demande réflexion. On se défendrait pas mal, dans cette branche là, après tout...

– Ça, c'est vrai que les ficelles, on les connaît, approuva Mme Mancillon.

– Alors, je me le fais ou je me le fais pas ? demanda Costenzo.

– Mais laisse parler le monsieur, dit Chantal. Tu vois pas qu'il réfléchit, lui ?

– Moi j'accepte ! dit la voix cacochyme du vieillard qui poussait son fauteuil roulant dans la pièce. Mais venez pas me demander un centime.

L'aîné des Zwröytswitzch dit à son père :

– À ta place, j'accepterais, papa. Mais avec une clause résolutoire d'annulation conditionnelle.

– C'est juste. Mettons tout ça par écrit.

L'ex-recouvreur de créances leva les bras.

– Un instant. Pour saluer la naissance de votre nouvelle agence de contentieux, je demande que vous m'accordiez un prêt promotionnel de 15 000 francs.

– Il recommence !

– Jamais ! dit Birague.

– Attendez, je comprends plus rien, dit Costenzo.

– À 27 % sur trois ans ? proposa Mancillon.

– Allons, soyons bons princes, coupa Zwröyts-witzch. Un premier client porte bonheur. Disons 25 % sur deux ans.

– Merci, messieurs. Je vous demande trois jours pour faire mes bagages et m'occuper de ma pensionnaire, conclut Georges.

– Deux.

Odile Noix sortait du marché couvert lorsqu'elle se retrouva face au type. Elle étouffa un cri de stupeur et lâcha son cabas. C'était bien le même type que la première fois, elle n'avait pas pu l'oublier, il était au rendez-vous toutes les nuits dans ses cauchemars. Il avait pourtant changé. Toujours mal rasé, certes, mais habillé de couleurs vives, des Ray-Ban avaient remplacé ses montures Sécurité sociale, il semblait moins gros, moins suant, et tout compte fait moins inquiétant que la première fois, s'il n'avait pas porté au bout de son bras la même sacoche de cuir usée, gonflée de menaces.

– Monsieur Brossard ! implora-t-elle. Je n'ai que deux jours de retard ! Vous n'allez pas... Mon mari est malade, il est à la maison, si une voisine me voit parler avec vous…

– Je n'en ai pas pour longtemps. Tenez.

Il lui tendit une enveloppe. Les mains tremblantes, elle l'ouvrit et sursauta. L'enveloppe était tellement pleine de billets que la ménagère ferma les yeux, comme devant un spectacle obscène.

– C'est tout l'argent que vous m'avez donné, expliqua-t-il. 15 000 francs. Je vous le rends.

– Mais… mais pourquoi ? demanda Mme Noix, aussi effrayée que s'il avait sorti un couteau.

– Parce que vous avez été victime d'un escroc, de l'espèce la plus méprisable : ceux qui s'en prennent aux petits. Vous êtes trop manche pour vous en être aperçue, mais il n'est jamais trop tard pour réagir. Votre tort, c'est de vous être laissé faire avec une telle résignation. Mais vous, vous disposez d'un moyen de rédemption.

Non seulement, elle n'y comprenait rien, mais plus il parlait, plus elle avait peur. Il soupira :

– Vous voulez de l'argent ? Très honnêtement gagné ?

– Ben… Comme tout le monde.

– Alors, voilà ce que vous allez faire.

Il lui tendit sa lourde sacoche.

– Prenez ça. Vous avez là-dedans un dossier complet, preuves et documents, pour attaquer la société Burke SA, ainsi que toutes ses succursales, filiales de VPC et sous-officines de crédit, pour tromperie sur la marchandise, publicité mensongère, vente forcée, vol et extorsion de fonds. Et dans la chemise rouge, vous trouverez toutes les preuves pour porter plainte contre un bon tiers des recouvreurs de créances de la région : usurpation de fonctions, violation de domicile, faux et usage de faux, abus de pouvoir, voies de fait, etc. Rien qu'en dommages et intérêts, vous avez de quoi assurer votre retraite. Pour s'occuper de vos dossiers, vous téléphonerez demain à l'Agence Thémis Associés, ex-cabinet Brossard, vous n'aurez rien à faire qu'à témoigner en justice, à toucher vos dommages et intérêts, ils s'occuperont de tout et ils sont redoutables. Quoiqu'un peu chers. Faites-le, madame Noix ! Promettez-moi.

– Oui, monsieur. Je le ferai, monsieur.

– Alors adieu.

Il n'en croyait pas un mot mais qui pouvait savoir ? Et en vérité, il s'en contrefoutait. Il se retourna une dernière fois : Odile Noix n'avait pas bougé, la sacoche dans une main, le cabas dans l'autre. Elle le regardait partir.

Les clameurs du marché s'estompèrent. Tourné le coin de la rue, il sauta en l'air six fois de suite, la sixième, il se fit mal. Il ne devait commencer la gym que le lendemain, ainsi que la natation et la course à pied. Progressivement. Faut pas aller plus vite que la musique. Il rejoignit sa vieille 4L en frottant son omoplate froissée.

– Je ne suis vraiment pas sûr qu'elle nous mène jusqu'en Gironde, dit-il en ouvrant la portière.

– C'est pas grave, répondit Lucie sans lever les yeux de la carte, Gaston nous enverra une bagnole, si jamais. On est des invités d'honneur de M. le comte, oui ou non ?

– Euh… il y a une chose…, bredouilla-t-il en démarrant. Si le comte se permet des privautés avec toi, je suis pas sûr de supporter.

– Mais il est jalmince, mon vieux Jo ! rigola-t-elle en lui pinçant la nuque.

– C'est pas ça, mais il y a une telle différence d'âge entre nous, vois-tu, que… je pourrais être ton père et… je peux comprendre que… bref, mais pas avec un plus vieux que moi en tout cas ! Merde à la fin !

Elle éclata de rire, l'embrassa et lui mit la main là où les jeunes filles ne doivent pas mettre la main aux vieux messieurs.

Humour

Une certaine idée du bonheur, grâce à la vertu décapante du rire...

A. NONYME
Monsieur et Madame ont un fils
4036/2 & 4118/2
M. et Mme Ticoli ont le bonheur de vous annoncer la naissance de leur fils Victor. M. et Mme Marolex ont la joie de vous annoncer la naissance de leur fille Éléonore. M. et Mme Sontraqueteur sont heureux de vous faire part de la naissance de leur fils Igor...
Un jeu qui fait fureur et fou rire !

ARTHUR
Arthur censuré
3698/5
De la radio à la télé, rien n'arrête Arthur. Et maintenant un livre, pour retrouver son humour décapant !

Ta mère
4075/2
Où les mamans ne sont pas les plus belles du monde ! Un recueil des insultes les plus crades et les plus désopilantes, issues de la créativité verbale des rappers et raggers des banlieues.

Ta mère, la réponse
4225/2

BERTRAND JACQUES A.
Tristesse de la Balance...
2711/1

BRAVO CHRISTINE
Les bêtes, petites ou grosses, sont aussi compliquées que nous et leurs amours sont bien difficiles !

Les petites bêtes
3104/2
Les grosses bêtes (un érotisme inattendu)
3770/3

DE BURON NICOLE
Les saintes chéries
248/3
Les mésaventures d'une femme en butte à la fatalité quotidienne, ou comment prendre la vie avec bonne humeur quand rien ne va comme vous l'auriez voulu.

Vas-y maman
1031/2
Dix-jours-de-rêve
1481/3
Qui c'est, ce garçon ?
2043/3
C'est quoi, ce petit boulot ?
2880/4
Où sont mes lunettes ?
3297/4
Une lettre de sa caisse de retraite rappelle brutalement à l'héroïne son âge : cinquante ans. Mais où sont donc passées toutes ces années ?

Arrêtez de piquer mes sous !
3652/5
Impôts, cotisations, taxes, prélèvements, vignettes, TVA... c'est trop ! Le ras-le-bol d'une contribuable excédée mais d'un humour à toute épreuve.

Arrête ton cinéma !
4251/4
Incroyable ce qui peut se passer dans les coulisses des tournages ! Avec humour, comme d'habitude, Nicole de Buron raconte ses démêlés avec des producteurs fauchés ou véreux, des stars capricieuses et le monde du show-biz en général.

COLUCHE
Coluche Président
3750/4

DUROY LIONEL
Priez pour nous
3138/4

GOURIO JEAN-MARIE
A l'heure de l'apéritif, dans les 150 000 bistrots de France, on refait le monde. On fait et défait les gouvernements, on déclare des guerres, on invente des lois, on fusille ou gracie, on reconstruit des villes, on replante des forêts... On va même jusqu'à avancer la date du beaujolais nouveau !

Brèves de comptoir - 1
3978/3
Brèves de comptoir - 2
4015/3
Brèves de comptoir - 3
4052/4
Brèves de comptoir - 4
4291/4

HAUSER RÉGIS
Les murs se marrent
3632/4

HÉRACLES & CHRZANOROSKI
Le grand livre de l'humour noir
3994/5 Illustré

LAFESSE JEAN-YVES
Petit précis de l'imposture
3253/4

LAGAF'
Eclats de rire
3537/3

LEEB MICHEL
Le meilleur de l'humour français
3516/3

Humour

LEFEBVRE Jean
Pourquoi ça n'arrive qu'à moi ?
3193/3 Illustré
Mais qu'est-ce qu'elles me trouvent ?
3507/3

OUAKNIN & ROTNEMER
La bible de l'humour juif - 1
4263/2
& 4264/2

PIEM
Bonne santé mode d'emploi
3609/1
Petits enfants grands-parents... mode d'emploi
3834/2

ROUCAS Jean
Les roucasseries
3230/4, 3440/4,
3693/4 & 3915/4
4141/4
Un florilège d'histoires drôles, lestes ou même très vilaines, par le monsieur aux lunettes qui vous fait tant rire à la radio et à la télévision.

SARRAUTE Claude
Allô Lolotte, c'est Coco
2422/1
Maman coq
2823/3

SIM
Elle est chouette, ma gueule !
1696/3
Tout le monde n'a pas la chance d'avoir la gueule de Sim.
Pour l'humour de Dieu
2001/4
Elles sont chouettes, mes femmes
2264/3
Le Président Balta
2804/4
Ma médecine hilarante
3213/3
Elle était chouette ma France
3586/5
L'histoire de France revue et corrigée par Sim. Empruntant la plume de notre célèbre humoriste, Clovis, Gilles de Rais, François Ier, Charles de Gaulle et quelques autres nous racontent ce qui s'est vraiment passé.
Le penseur
3937/2
Drôles ou graves, des maximes qui prouvent, s'il en était besoin, que Sim reste bien le plus chouette de nos humoristes.

TALLEYRAND & GARY
Testez et développez votre stupidité sans peine
3790/4

XENAKIS Françoise
Moi j'aime pas la mer
491/1
Zut, on a encore oublié madame Freud...
2045/2
Mme Freud, Mme Marx, Adèle Hugo, la femme de Socrate... Il fallait sauver de l'oubli ces femmes qui ont vécu dans l'ombre de leurs célèbres époux.
Mouche-toi, Cléopâtre
2359/3
La vie exemplaire de Rita Capuchon
2585/3
Chéri, tu viens pour la photo
3040/4

4495

R.I.D. Composition – 91400 Gometz-la-Ville
Achevé d'imprimer en Europe (France)
par Brodard et Taupin à La Flèche (Sarthe)
le 16 mai 1997.
Dépôt légal mai 1997. ISBN 2-290-04495-4

Éditions J'ai lu
84, rue de Grenelle, 75007 Paris
Diffusion France et étranger : Flammarion